호미

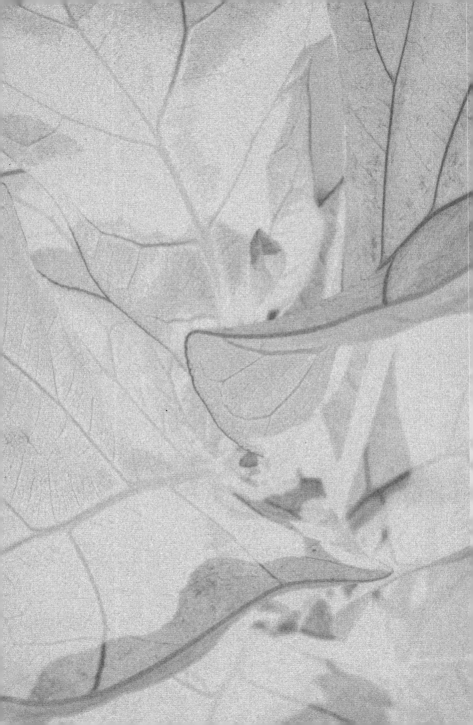

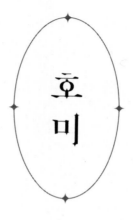

호미

정성숙 소설

삶창

차
례

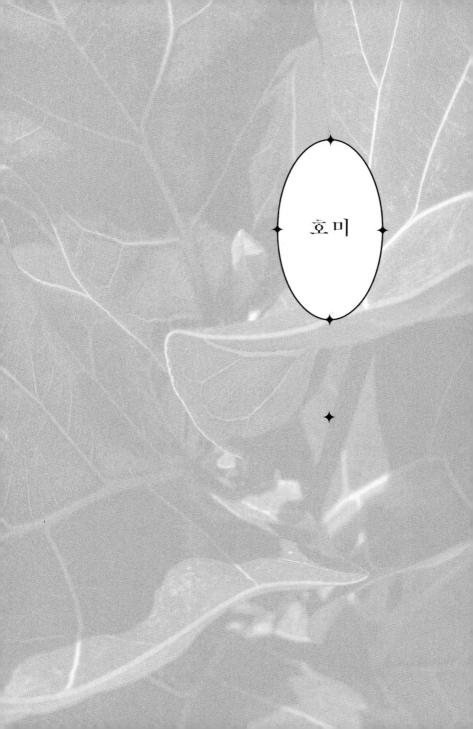

호미

✦

영산댁은 천 원짜리 지폐 한 장을 바지 주머니에 넣고 녹
이 슬어 여닫는 순간 언제라도 내려앉을 것 같은 양철 대문을
열고 집을 나섰다. 영산댁 오른쪽 허리춤에는 호미 한 자루가
제자리를 찾은 것마냥 천연덕스럽게 걸쳐 있다.

"막걸리 왔는가?"

영산댁이 상점 안으로 들어서면서 인기척을 냈다.

"몇 뱅 드리랴?"

문턱에 앉은 채로 기둥에 머리를 박고 있던 희선네는 눈도
뜨지 않고 대꾸했다.

"한나만 주게."

희선네는 입이 찢어지게 하품을 하면서 기운이 모자라는
노인네처럼 막걸리 한 병을 어렵사리 집어 영산댁 앞에 내밀

었다.

"지나진 밤에는 뭣 하고 자빠졌다가… 쯧쯧쯧!"

희선네가 내미는 막걸리를 영산댁은 낚아채듯 받으면서 미운 소리를 더 보태려다 말았다.

"양파 작업 안 가시요오?"

"크라는 파는 대고 오그라드는데 오살할 놈에 새비린 잎은 바람난 과부 년 넙턱지 퍼지대끼 한당께."

영산댁은 대파밭에 간다는 대답을 이렇게 하면서 상점을 나왔다.

품고 있는 뜨거움이 얼마나 무거운지 동산만 한 뒷산을 아직 넘지 못해서 햇살의 기척이 없는 산 너머에, 영산댁이 살쾡이같이 작은 소리를 내면서 들어섰다. 한길을 지나서 밭 자락으로 들어서자 양말을 신지 않은 영산댁의 발등에 이슬이 빗물처럼 스러졌다. 산 중턱에 있는 밭에 도착한 영산댁 바지는 정강이까지 젖어서 물이 줄줄 흘렀다.

영산댁은 물이 고인 고무신을 밭두둑에 엎어놓고 그 옆에 막걸리 병을 세워뒀다. 영산댁이 옆구리에 매달려 있던 호미를 오른손에 들고 맨발로 대파밭 고랑으로 들어서는데 유리 조각을 밟은 것처럼 흙이 성질을 부리고 있었다. 보름이 넘게 물 한 모금 못 먹어본 데다 10년 동안 퇴비 맛을 그리기만 했던 화풀이를 그렇게 하고 있었다.

영산댁은 발을 오므려서 조심조심 내딛으며 호미질과 입타령을 시작했다.

"까마구 검으면 속조차 검나아 겉몸이 늙었으면 마음조차 늙나아 아리아리랑 서리서리랑 아라리가 났네에 아—리랑 웅웅웅 아라리가아 났네. 나락이개 보릿이개는 농부가 끊고오 이삼사월 진달래는 한량이 끊네에."

영산댁의 호미질과 입타령은 엇비슷하게 나가고 있었다.

품삯 일을 끝내고 잰걸음으로 달려와 깜깜해서 풀이 보이지 않을 때까지 밭고랑을 기어 다니다 보면 두 고랑씩은 터를 내곤 했는데도 오늘은 유독 흙이 아니라 바윗덩어리였다. 아직 한 고랑도 못 나갔는데 영산댁 입안에서 웅크리고 있던 한숨이 한꺼번에 밖으로 터져 나왔다.

"푸우우—! 왜 왔더언고오 왜 왔더언고오 굽이굽이 열두 굽이 한숨이 나네에 아리아리랑 서리서리랑 아라리가 났네에."

영산댁은 호미를 놓고 살금살금 걸어 나와서 엎어뒀던 고무신을 신고 밭두둑에 엉덩이를 걸치고 앉아 막걸리를 병째 들고 한 모금 마셨다. 빈속이라서 감전된 것처럼 찌르르했지만 눈치 없는 배 속은 그것도 곡기라고 더 넣어달라고 보챘

다. 영산댁은 반병 남짓 들들 마셨다. 영산댁의 등에 붙어 있
던 뱃가죽도 바람 넣은 공처럼 부풀어 올라서 뱃심까지 든든
해졌다.

"논두럭에 개구리는 배암 간장 녹이고오 밭고랑에 지심은
내 간장을 녹이네에 아리랑 웅웅웅 아라리가아 났네에."

장갑을 끼지 않은 맨손으로 시멘트 바닥 같은 대파밭을 세
고랑째 호미질을 하던 영산댁은 허벅지가 뻑뻑해서 아랫도리
를 내려다보니 땀으로 질척해진 바지가 살갗에 달라붙어 미
어지고 있었다. 영산댁은 바지를 걷어 올리고 다시 호미질을
했다. 걷어 올린 바지가 자꾸 흘러내리면서 영산댁의 호미질
도 늘어졌다. 다시 오르막인 모양이었다. 여태까지는 막걸리
반병의 위력으로 영산댁의 호미질이 달리기 수월한 내리막이
었는데, 취기가 가시는 데다 날이 선 삼복 햇살이 내리꽂히고
있으니 영산댁의 눈으로 들어오는 땀이 자꾸만 헛손질을 하
게 했다.

영산댁은 바지를 아예 벗어서 눈으로 들어오는 땀을 대충
닦아낸 다음 둘둘 말아 밭 귀퉁이 쪽에 던져두고 다시 호미질
을 시작했다.

"아리라앙 아라리가아 났네에 아리라앙 웅—웅—끄웅!"

여전히 호미질은 팍팍했고 물을 마시고 싶다는 생각만 간

절했다. 영산댁은 막걸리를 한 모금 마셔야 할 것 같아서 일어서는데 발바닥이 깜짝 놀라게 뜨거웠다. 약간의 취기와 머릿속을 어지럽히는 잡생각들이 신발을 벗어놓았던 사실을 잊게 했던 모양이었다. 고무신을 찾아서 신은 영산댁은 막걸리를 벌컥벌컥 마셨다. 갈증을 입막음하려면 막걸리 한 병이 모자랄 판인데 플라스틱병이 휑하니 비었다.

"속창 빠진 놈!"

영산댁은 한 방울까지 털어 마신 막걸리 병에 사나움을 실어서 휙 던졌다.

"으뜬 땅이라고… 썩어 자빠질 놈!"

어제, 영산댁이 해남에서 양파 선별 작업을 끝내고 봉고차에서 내리자마자 도시락을 담은 가방을 옆구리에 찬 채로 벼 이삭이 피기 시작한 논에 물을 대고 있는데 마을 방송 소리가 들렸다.

—알려드립니다아. 동산리 이민 여러분께 알려드립니다아. 올해 대파 과잉생산으로 에— 가격 폭락을 염려한 정부에서 에— 농민들의 아픔을 걱정해서 에— 농협으로 하여금 계약재배를 하게 했답니다. 에— 계약재배를 원하는 농가께서는 에— 지금 마을회관으로 나와서 신청해주시기 바랍니다.

다시 한번 알려드립니다아. 이번에….

"똥 싼 데 개 불러대대끼 깐딱하른 농민의 아픔을 들먹임시로 봉사 집 머슴 심쓰대끼 하등만!"

영산댁은 이렇게 혼잣말을 중얼중얼하면서도 발길은 이미 마을회관을 향해 달리고 있었다.

마을 방송을 듣자마자 물꼬를 손보다 말고 허둥지둥 달려간 영산댁의 조급증과는 거리가 멀게 마을회관은 썰렁했다. 일구어놓은 농사를 누가 볼까 뒤통수가 켕기기로는 처지가 비슷한 희선네와 다른 볼일로 나왔을 동구댁, 그리고 이장이 마을회관 입구 계단에 앉아 있었다.

"그새 계약이 다 끝나부렀으까? 하찮한 고무신까정 질을 막고 염병을 해쌓등마는."

물꼬를 트고 막고 하느라고 고무신에 펄이 들어가서 영산댁의 급한 발걸음을 자꾸 미끄러지게 하던 일에 부아가 치밀었고 더구나 자고 싶은 잠 다 자면서 밭두렁 건달로 대파 농사를 짓는 희선네와 같은 무리가 된 상황에 비위까지 상했다.

"인자 오시오?"

이장이 먼저 인사치레를 해왔다.

"어째 지요옹하요이?"

영산댁은 불안한 마음을 애써 누르면서 이장의 표정에서

상황을 읽어보려 애썼다.

"저녁들을 자시고 나올랑가 아직 안 나오요. 방송을 못 들었으까아?"

하며 대꾸하던 이장은 일어나서 방송을 다시 하려는지 회관 안으로 들어갔다.

"그새 논에 물 대고 오신갑소이."

같이 양파 선별 작업을 하고 왔던 동구댁은 목욕을 하고 저녁상까지 봐두고 나온 여유를 거만하게 풍기면서 영산댁의 아랫도리를 눈으로 훑으며 입으로는 아랫사람 흉내를 냈다.

"흙 묻은 신까정 털어서 엎어놓는 차악참한 영감을 뫼시고 사는 자네랑 내 팔자를 어디 비하겠는가."

"대한민국에 아짐맹키로 서둘러쌓는 사람도 드물 것이요이."

바람이라도 불면 봉긋하니 튕겨 나올 것 같은 젖가슴을 속이 훤히 다 보이는 레이스로 가리는 시늉을 하고 나온 희선네도 겉모양 인사를 했다.

"대한민국에 자네같이 신간 편한 팔자도 드물고?"

발가락 사이에 엉긴 펄이 걸음을 내디딜 때마다 삐리릭 하면서 물똥 싸는 소리를 냈다. 영산댁은 고무신을 벗어 엎으며 한숨을 내돌렸다.

"소 탄 놈이나 말 탄 놈이나 저승 갈 때는 똑같이 빈손이라 안 합디요."

희선네의 게으른 인생철학이 다시 튀어나왔다.

"여시가 돌봐도 돌봐주는 것이 있어야 산다는데 꽤기 잡는 각단 없는 것맹키로 사는 팔자다 본께… 내 팔자는 그렇다 치고 자네 주등치는 도량 넓은 땡초 같은데 어째 옷이라고 걸친 것이 모구장 주서 입은 꼴이세. 테레비에 나오는 젊은것들 맨치로 보기 숭하게 젖통은 다 까놓고 쯧쯧쯧!"

젊어서 한창 기운 쓸 나이에 전답은 산천초목 우거지게 방치해두고 집구석 또한 쥐똥 밟고 사람 넘어질까 무섭게 손을 움직이지 않고 사는 희선네의 일거수일투족이 영산댁은 몹시 눈에 거슬리고 못마땅했다. 그런 영산댁의 눈에 희선네의 꼴 사나운 옷차림이 또 걸려든 것이다.

거울 들여다보면서 요리조리 몸치장할 시간에 밭으로 달려가 풀 한 주먹 뽑아내는 것이 농사짓는 사람이 먼저 해야 할 일이고 재민데, 죽으면 흙 한 줌밖에 되지 않을 몸뚱이를 뭣에 쓰겠다고 보물단지 다루듯 아끼기만 하는지…, 이렇게 더 보태고 싶었지만 나머지는 목젖 너머로 밀어 넣었다.

"아따아, 아짐은 뭐언 꺽정이 그케도 많으요? 내 젖통 욕심 내던 영감님은 묏등에서 눈 따악 감고 계시는데에."

호미 (16)

희선네는 영산댁의 지청구를 더 이상 받아줄 수 없다는 듯, 눈은 흘기고 입언저리를 뒤틀면서 대꾸했다.

"저, 저 염병할 년 주둥치 놀리는 것 잠 보게! 그라믄 내 젖통 봐주쇼오 하고 까놓고 댕기는데 불알 찬 어뜬 놈이 눈길을 안 주겠냐. 오냐, 그래 니가 땅깨비 이마빡 같은 산전답이나 벌고 사는 우리 영감을 시프게 봤다는 것은 알었다마는 죽어서까지 니 입살에 오를 맨치로 못나지는 않었어야! 그라고 다른 놈덜한테는 가랑이 쩍쩍 벌려줌시로, 봐주라고 까는 저리 잘난 젖통 잠 본 것이 그케도 아까서 죽은 귀신까지 들먹여쌓냐! 이 간나구…."

영산댁은 삿대질을 하면서 희선네한테 계속 퍼붓고 있었지만 이장이 하는 방송 소리에 먹히고 말았다.

— 에, 동산리 이민 여러분….

영산댁으로서는 동네 사람들이 자신의 남편을 동네 머슴 취급했던 지난날이 가슴 쥐어뜯게 하는 원통한 응어리였는데, 비빌 언덕바지 없어 처지가 다르지 않은 희선네까지 남편을 같잖게 봤다는 사실이 분하고 또 분했다. 희선네가 한 줌 흙이 된 영산댁 남편을 들먹일 수 있음은 예나 지금이나 영산댁 형편이 변하지 않았음을 확인시켜주는 것이기도 했다.

"다들 귓구녁에 못을 박아났는가 사람 코빼기도 안 뵈요이."

이장이 밖으로 나오자 사람을 기다리는 심정이 비슷한 동구댁이 이장을 올려다보면서 위로랍시고 한마디 건냈다.

"사람덜 귓구녁이 탈 난 것이 아니고 대파 시세가 탈이겠제에."

회관 출입문을 등지고 있던 영산댁은 이장이 회관 밖으로 나온 것을 아직 모른 채 동구댁의 말을 받아서 입바른 소리를 했다. 이장 앞에서 민망해진 동구댁이 영산댁 옆구리를 살짝 꼬집었다.

"대팟값이 똥값 되게 생겼는데 군에서는 뭣 하고 자빠져 있냐고 삿대질하던 작자덜이 인자 멍석 깔어서 밥상 차려준 께 씬장 고린장 하고 있구마이. 니미랄 이짓도 고만해야제… 허!"

이장은 영산댁이 꼴 같지 않다는 코웃음을 길게 흘리면서 마을회관 마당 밖으로 나가버렸다.

딱!

"으따아, 이 징한 모구덜은 뭣을 뜯어 먹작 것이 있다고 이케도 달라붙어쌓는고!"

영산댁은 자신이 엎지른 물을 어쩌지 못하고 엉뚱한 장딴지만 때렸다.

"아따아, 성님은 시도 때도 읎이 미운 소리를 해제끼믄 누가 받자를 다 해줄랍디여!"

같이 앉아 있었다는 죄로 영산댁과 한 물에 싸인 고기 취급을 받게 되자 동구댁이 성대를 움직이지 않은 목소리로 영산댁을 다시 한번 꼬집었다.

"아, 내가 틀린 말 했는가아? 아닌 말로 나라에서 하는 짓거리가 참말로 백성덜을 위한 일이 있던가 말이여. 파 계약하라는 것이 우덜 위해서 하는 것이간! 대파 금사를 더 못 올라가게 할라고 그런 것이랑께. 만만한 것이 홍어좆이제."

영산댁은 여전히 수그리지 않고 동구댁처럼 성대를 누르는 목소리로 맞대꾸했다.

"그라믄 콧구멍이 둘이어도 숨 쉴 짬이 없는 성님이 점심 먹은 밥통까정 들처 메고 뭣 할라고 달려왔소?"

동구댁은 앞뒤를 가로막는 말로 영산댁을 옴짝도 못 하게 했다.

"이 아짐은 넘 부아질르는 것이 취민께 이장님 부아질를라고 오셨는갑지라."

영산댁 눈에 걸리기만 했다 하면 고양이 앞에 쥐처럼 당하기만 하던 희선네가 오랜만에 고소한 맛을 본다는 듯 동구댁을 거들었다.

영산댁은 손에 쥐고 있던 도시락 가방을 희선네한테 던졌다. 영산댁의 반응을 짐작하고 있던 희선네가 몸을 살짝 비켜서 달아나버리고 도시락 가방만 요란한 소리를 내며 시멘트 바닥에서 뒹굴었다.

작업반장이 일할 사람을 서너 명 더 데리고 오라고 해서 사람 수나 채워볼까 하고 나왔던 동구댁은 더 이상 영산댁을 상대하기 싫었다. 동구댁은 영산댁의 도시락 가방이 엎드려 있는 것을 외면하고 지나쳤다.

"선산치레를 못 했으믄 비위치레라도 잘해야 자다가도 떡을 얻어먹는다는데, 저 아짐은 참말로 읍내서 매 맞고 꿀재 가서 눈 흘기는 데는 선수랑께라."

희선네가 마을회관 밖에서 동구댁을 기다리고 있다가 어깨를 나란히 하면서 속닥이는 소리였다. 영산댁은 그 소리를 고스란히 귀로 받으면서 엎어뒀던 고무신을 발에 대충 걸치고 도시락 가방을 집어 들었다. 영산댁의 발걸음에 맞춰 도시락 가방 안에서 반찬통이 달깡달깡 소리를 냈다.

"아리아리랑 서리서리랑 아라리가 났네에 아리랑 응응 응…."

영산댁은 달깡거리는 소리에 맞춰 무심결에 아리랑을 중얼중얼하며 어둠 속으로 잦아들었다.

희선네의 상점이 먼발치로 보이는데 와자지껄한 사람들의 소리는 가깝게 들렸다. 마을회관에 모여야 할 사람들이 그곳에 다 있는 모양이었다. 영산댁은 희선네를 쫓아가서 머리채라도 잡아당기고 싶었지만 등에 달라붙은 뱃가죽이 사래를 쳤다. 점심을 먹은 지가 까마득한 데다가 논 물꼬를 손본답시고 몇 차례 기운을 쓴 때문인지 몸뚱이가 땅으로 내려앉을 판이었다.

영산댁이 삐그덕! 소리를 내며 양철 대문을 여는데 시커먼 방 안에서 전화벨이 울렸다.

따르르릉 따르르릉 따르르릉!

전화기는 재촉했지만 영산댁은 펄로 범벅이 된 아랫도리를 씻는 것보다 수화기를 들고 여보세요 해야 하는 말대꾸가 더 귀찮고 피곤했다. 영산댁이 댓돌 위에 도시락 가방을 내려놓는데 전화기 소리가 그쳤다. 영산댁은 불도 켜지 않고 마루에 걸터앉아서 어둠에다 노곤한 눈길을 걸친 채, "아침에 우는 새는 배가 고파서 울고오 저녁에 우는 새는 임이 그리워 운다 아 아리아리랑 서리서리랑 아라리가 났네에"를 반복해서 웅얼거리고 있었다.

따르르릉 따르르릉 따르르릉 따르르릉 따르르릉!

다시 전화벨이 사람을 불렀다.

그냥 내버려둘까 하다가 혹시 이장이 아닌가 싶어진 영산댁은 방문을 열고 낮은 포복 자세로 어둠 속에서 전화기를 더듬어 찾았다.

　　"이잉, 누구냐? 영준이냐?"

　　— 어머니 기준이요오.

　　"이잉, 아그덜하고 별일 없쟈?"

　　— 예에. 들에서 인제 들어오시는 것이요?

　　"이잉, 논에 물 잠 대니라고."

　　— 일 좀 그만하시랑께 그라요!

　　"뭔 일을 을마나 하겄냐아. 농촌에서 넘덜이 한께 그작저작 몸뚱이 꼼지락거리는 것이제. 걱정 말어라."

　　— 아직 저녁도 안 드셨겄소이.

　　"나사라 끄니때 밥 먹는 것이 일인데 여적 밥을 안 먹었겄냐. 먹어도 폴새 먹었제. 이잉. 그란데 뭔 일 있냐아?"

　　— 아니어라. 그냥 주무시쇼.

　　둘째 아들 기준이 서둘러 전화를 끊었다.

　　긴소리, 짧은 소리 들어가면서 남의 일을 해준 품삯이 영산댁의 생계비였고 좌골신경통을 무디게 해주는 주사라도 맞을 수 있는 유일한 방편임을 기준은 알고 있었다. 그럼에도 기준은 영산댁한테 전화를 할 때마다 일 좀 그만하라는 당부를 잊지 않았다.

"뭔 일이 있기는 있는 모양인데에…."

봉제공장 공장장이 되어 중국에 가 있는 큰아들 영준이 아무 때고 안부 전화를 하는 것은 당연한 일로 받아들이지만 이름 있는 날도 아닌데 기준이 먼저 전화를 할 때는 어떤 꿍꿍이가 뭉쳐 있다는 증거였다.

영산댁이 일어나서 불을 켜고 시계를 보니 9시가 넘었다. 영산댁은 텔레비전을 크게 틀었다. 마당으로 나와서 옷을 벗고 목욕을 하려다가 고양이 세수하듯 발과 손에 물을 묻히는 둥 마는 둥 했다. 저녁나절에 작업반장이 새참으로 나눠 주던 빵과 우유를 먹을 때는 밥 두 그릇을 간장에만 비벼 먹어도 단맛이 날 것 같던 식욕마저 이미 저문 해처럼 깜깜해졌다.

영산댁은 보름이 넘는 가뭄에 애간장을 태우고 있던 터라 비 소식이라도 들으려고 텔레비전은 켜놓고 형광등을 끄고 누웠다. 눈 뜬 바늘이 뼈 마디마디를 찾아다니며 콕콕 쑤셔대듯 관절통만 도질 뿐 잠은 오지 않았다. 일어나서 뇌선이라도 한 포 털어 먹어야 잠이 올 것 같은데 빈속이라 위장병이나 더 보탤까 싶어 몸뚱이를 이리저리 뒤집기만 했다.

"구렝이 같은 놈이 뭔 일이끄나? 존 일 같으믄 얼른 말을 했을 것인데 뭔 성가신 일이 생겼으끄나? 그런 일은 읎어야 쓸 것인데… 그나저나 희선네 그 잡년 땜시 파 계약도 못 해불고 들어와놔서 낼은 벨일 있어도 신청을 해야겄고…. 워메! 그라믄 파밭 지심을 얼른 없애야 하겄네에. 돈 서푼 받어볼라고 넘 농사만 짓다가 이녁 농사 망하게 생겼네에."

영산댁은 벌떡 일어나서 다시 형광등을 켰다. 동네 작업반 장을 맡고 있는 동구댁한테 전화를 해야 했다. 영산댁으로서는 자신의 땅을 일궈서 만지는 수입보다 남의 일을 해서 받는 품삯이 크기 때문에 동구댁한테 신용을 잃어서는 안 되었다.

— 여보세요?

"어야, 자는갑네에."

— 예에. 누구요?

"나, 영준이 엄매여어."

— 성님이 어짠 일이요? 아적 안 주무시고오.

"이잉, 한 이틀 작업을 못 갈 것 같어서 말이여."

— 아따아. 뭔 말이요오. 사람할라 적은 데다 성님까정 떨어져불믄 나보고 어찌케 하라고 그라요오.

"어짜겄는가아. 농협에다 계약을 할라믄 파밭 지심을 어찌케 치다꺼리를 해야 쓰겄길래 말이세에."

— 사람 다 맞춰논 나중에 낑겨주라고 사정은 말쏘이!

동구댁은 전화를 탁 끊었다.

"작업반장도 벼슬이라고 위세는… 니미랄 녀언!"

영산댁은 동구댁이 옆에라도 있는 것처럼 보란 듯이 전화기를 거칠게 놓으면서 중얼댔다. 남의 일을 가지 않아도 된다는 부담이 덜어지자 달아난 잠을 애써 끌고 올 필요가 없어진 영산댁은 이제 둘째 아들 전화번호를 찾았다.

전화벨이 두 번 울리자 기준이 전화를 받았다. 이곳은 한밤중인데 그쪽은 아직 쨍쨍한 초저녁인 모양으로 전화기 속의 한쪽에서 손녀들의 기척이 요란했다.

"나다."

— 아직 안 주무셨소오?

"니 전화 받고 잠이 와야 말이제에. 뭔 일이 있쟈?"

— 아무 일도 없당께라. 어머니 몸은 어짜시오?

"나사 아적 암상토 않다. 느덜만 성하고 삘일 없으믄."

— 산 너머 밭에는 대파 심었지라?

"이잉."

— 그 밭농사가 잘 안되지라아?

"그라제 그라믄. 먹고 잡은 물을 지대로 믹여주기를 하는가 거름을 한 주먹 뿌려주지도 못하는데 뭐언 농사가 지대로 되겄냐. 애만 배 터지게 쓰제."

— 그라지라아… 그러니까 그 밭농사는 그만 지으면 어짜

졌소?

"음마! 그래도 그 밭에서 나온 양석으로 느덜 양념은 다 대는데 뭔 소리냐!"

― 그깟 양념이 몇 푼이나 된다고… 어머니만 고생하신께 그러지라아.

"돈으로 따지믄 몇 푼이나 되겠냐마는 나 살어서 느그덜이 심이 필 수 있다믄 내가 보태는 데까정 보태고 잡어서 그라는 것이제 고생은 뭔 고생이다."

― 서푼 월급 받아서 언제 심이 펴지겠소! 푸우.

"…?"

― 어머니는 산 너머 쪽으로 도로 정비사업이 진행되고 있다는 말 들으셨소?

"시방 질을 맹근 지도 몇 년 안 되고 을마나 넓고 존데 새 질을 맹글어야?"

― 그 길이 위험하게 내져서 이번에 새로 길을 낸다요.

"…?"

― 그쪽 땅값이 날마다 오르고 있다는 것을 모르고 계셨단 말이요?

"그랑께에, 시방, 니, 말은, 산 너머 밭을….."

― 어차피 내 앞으로 된 땅이고 하니까 내가 정말 필요할

때 요긴하게 써야지 농사도 잘 안되는 땅을 옆구리에 끼고만 있으면 심이 언제 필 것이요!

"너 시방 뭔 말을 하고 자빠졌냐! 이잉! 니 새끼덜이 끄니를 굶고 있는 것도 아니고. 오메! 샛바닥은 짧은데 침은 멀리 뱉고 잡은 모양이구마이. 쌍놈이 갓을 쓰믄 머리가 빗겨진다고 했어야. 이 썩을 놈아. 그 땅이 으믄 땅이라고 터진 주둥아리라고 아무 말이나 내뱉어도 된닥하든. 엉! 행여 넘덜이 그 밭을 꿩 이마빡 같은 산전밭이라고 씨부렁거리드라도 너는 그라믄 안 되제. 아아믄! 집은 험해도 살제마는 땅이 없으믄 끄니를 굶는 것이라서, 느그 삼 형제 주둥아리에 풀칠이라도 시캐줄라고 느그 성… 느그 성 생목심하고 맞바꾼 것을 모른다고는 할 수 없겄제. 아믄, 아믄! 인두겁을 쓰고 그랄 수는 없제! 그랄 수는, 그랄 수는…."

영산댁의 손에서 스르르 미끄러진 전화기에서는 어머니! 어머니!를 계속 외치고 있었다.

"못된 자손 선산 뒷꼭지 팔아먹는다더니만."

영산댁은 치솟는 부아 덩어리를 어찌하지 못하고 새벽까지 뜬눈이었다. 나병으로 죽어가는 아들을 병원 문턱 한번 데려가지 못하고 땅에 묻을 수밖에 없었던 상처에서 다시금 거무죽죽한 피가 뚝뚝 떨어졌다.

영산댁한테는 지금의 큰아들 위로 아들이 한 명 더 있었다. 효준이라고. 효준이 열 살 무렵에 온몸에 부스럼이 생겼는데 그저 흔한 종기려니 하고 고약이나 붙여주면 나을 줄 알았다. 종기가 점점 커지면서 손톱이 썩고 머리카락이 빠지며 눈썹까지 없어지자 나병이라는 사실이 알려졌고 동네에서는 영산댁 식구들을 멍석말이해서 쫓아낼 거라는 소문이 나돌았다. 영산댁은 없는 세간 정리하는 대로 소록도로 들어간다는 말을 내놓고 효준을 산 너머에 숨겼다. 동네 사람들은 효준이 소록도로 보내진 줄 알았다.

　　효준은 낮에는 부모와 함께 산을 밭으로 만드는 일을 하고 밤에는 산속의 움막에서 짐승 소리들을 열 살짜리가 혼자 감내해야 했다. 하늘이 갈라지고 천둥이 치는 날에는, 영산댁 내외는 천둥소리보다 더 찢어지게 공포에 떠는 효준의 비명 소리에 이끌리듯 한밤중에 산 너머를 오르곤 했다. 한겨울에 쌓인 눈이 허리까지 차서 바깥출입을 할 수 없는 때도 영산댁 내외는 산 너머로 올라가서 많은 땔감을 이고 지고 내려왔다. 그렇게 산 너머를 민둥산으로 만들어 동네 사람들의 발길과 눈길을 끊게 했다.

　　효준이 산 너머로 숨은 지 4년째 되던 해, 그러니까 진달래가 흐드러지던 날이었다. 영산댁 내외와 효준이 곡괭이질을 하면 할수록 바위가 나와서 그쪽으로는 더 이상 괭이질을 하지 말자며 한숨을 쉬던 참이었는데 효준이 나지막하게 영산댁을 불렀다.

"엄매에."

"이잉."

"나 여그다 묻어줄 것이제?"

"워메! 애기가 뭔 그런 숭한 소리를 다 하고 있다! 니가 커서 나랑 니 아부지를 여그다 묻어줘야 맞제."

"내가 여그 있으믄 엄매랑 아부지 그라고 영준이랑 기준이 우리 식구가 끝까지 같이 사는 것이나 똑같은가아?"

"…."

"그라고오, 묏등은 맹글지 말어. 묏등을 맹글어불믄 내가 엄매랑 아부지를 못 보지 않겄능가아. 그랑께…."

"워메! 내 새끼! 워메! 내 새끼이! 언제 그런 생각을 다 하고 있었댜아. 워메 워메 천금, 만금보다 아깝고 아깐 내 새끼야아!"

효준은 자신의 묘가 만들어지면 부모가 어떤 봉변을 당하게 되지 않을까 염려까지 하고 있었던 것이다.

영산댁 내외가 효준을 위해 할 수 있는 최선은, 미꾸라지를

잡아서 뼈를 발라내고 껍질 쪽을 부스럼 위에 붙여주거나 도
꼬마리 열매를 빻거나 달여주는 것이었다. 벚나무 껍질을 달
여 먹이기 위해 인근 절 주변을 다 훑기도 했지만 효준의 손
가락과 발가락은 하나씩 사라졌다

효준이 열여섯 살 되던 해에는 발가락이 다 없어져서 걸을
수 없게 되자 앉아서 담을 쌓았다. 6년 동안 밭을 만드느라고
곡괭이로 파서 한쪽으로 치워놓았던 돌을 영산댁 내외가 날
라다 주면 효준은 손가락이 물러져 피고름 범벅이 된 손으로
산과 밭의 경계에 돌을 쌓았다. 그렇게 흙 한 줌 돌 한 개마다
효준의 피고름으로 산 너머 밭이 되었다.

효준은 산 너머로 숨어 들어간 지 6년을 못 넘기고 한 자
가 넘게 눈이 쌓인 날 움막에서 숨을 놓았다. 피붙이와 엉켜
서 살고 싶던 간절함도, 짐승 같은 울음도 입 밖으로 뱉어보
지 못하고 효준의 몸이 얼음처럼 식어서 뻣뻣해질 때까지 보
듬고 있는 것이 영산댁 내외가 할 수 있는 전부였다. 그리고
영산댁 내외만이 알 수 있는 나지막한 효준의 봉분을 만드는
일, 그것이 부모로서 할 수 있는 모두였다.

영산댁에게 산 너머 밭은 피워보지 못하고 져버린 효준이
었고 그것이 슬퍼도 소리 내어 울어보지 못한 절규이기도 했
다. 또한 효준의 살덩이가 시커멓게 썩어가고 뼈가 녹아가듯

영산댁 내외의 애간장도 타서 재가 되어버렸지만 그래도 같이 있을 수 있어서 정말 다행이고 가장 행복했던 날들이 산 너머 밭에서였다.

오기 부리며 박혀 있는 돌들을 영산댁이 호미로 파서 모아놓으면 남편은 지게로 날라 효준에게 부려주고 효준은 돌 하나하나를 매만지고 뒤집어서 꼭 있어야 할 자리에 놓곤 했다. 영산댁이 50년 가까이 되새김질한 기억이었지만 그때 장면들은 늙지 않고 50년 전 그때처럼 영산댁의 얼굴을 환하게 했다.

영산댁은 앉은자리에서 밭 주변을 찬찬히 훑었다. 담쌓는 기술자가 재주가 아무리 좋은들 효준이 쌓은 담보다 단단하고 모양이 좋을까 싶었다. 영산댁은 대파 정식할 때 외에는 하루를 다 써서 이 밭을 일궈본 적이 없다. 남의 일을 하고 난 다음의 자투리 시간으로 곡식을 가꿔왔지만 한시도 효준과 남편이 묻힌 이곳에서 멀어져본 적이 없었다. 열어보지 못한 꽃봉오리가 된서리 맞아 시들어가는 모양새를 눈 빤히 뜨고 지켜보면서 억울하고 서럽기만 했던 날들, 그리고 그 꽃봉오리가 하루라도 더 살아줘서 인색한 겨울 햇살이 고맙기만 했던 곳이었다. 효준을 뺀 나머지 식구들이 끼니때 배를 채울 수 있었던 것도 이 밭 덕택이었다.

남편이 지게로 두엄을 갖다 내던 10년 전까지는 밭흙이 이토록 뻣뻣하지는 않았다. 퇴비 덕택에 어지간한 가뭄에는 끄떡없이 하늘이 내려준 물 갖고도 농사가 잘 여물었기 때문에 목에 힘주며 자랑하고 싶던 밭이었다. 촉촉할 때 밭을 맬라치면, 흙의 촉감이 젖먹이 아이를 품에 안고 젖을 먹이면서 궁둥이 살을 만질 때 그 느낌이었다. 그럴 때는 7월의 기나긴 해도 아쉽기만 해서 잠을 자면서도 그 촉감으로 한없이 밭을 매곤 했었다.

"삼당개애 바닷물은 썻다가도오 드는데에 한번 가안 우리 애기이 다시 올 줄 모르네에 아리이아리라앙 서리서리라앙 아라리가아 났네에 아리라앙 응응응 아라리가아 났네에."

손가락 사이로 달아나려는 기력을 끌어모으려는 영산댁의 의지가 입안에서도 꼼지락거렸다.

영산댁은 윗도리까지 벗어버릴까 하다가 더 뜨거울 것 같아서 포기했다. 등골로 길을 내면서 흐르는 땀을 놔둔 채 손바닥에 침을 퉤퉤 뱉어서 호미 자루를 거머쥐고 쟁반처럼 퍼져 있는 쇠비름을 다시 뽑기 시작했다. 마디마다 뿌리를 내리는 바라귀 풀을 뽑느라고 대파가 또 몇 뿌리 뽑혀 나왔다. "워메, 이를 어짜끄나아!" 하면서 대파 뿌리를 살펴보니, 잔뿌리는 없고 원뿌리 한 가닥만 앙상하게 늘어져서 젖배 곯은 아이의 축 처진 모가지 같았다. 대파는 서늘한 기운을 좋아하는데 데쳐질 것 같이 뜨거운 날씨에다 물기도 없는 악조건에서 생명을 부지해준 것만으로도 감지덕지해야 할 지경이었다. 대신 건조한 토양을 좋아하는 바라귀나 쇠비름은 잎이며 줄기가 가을 전어처럼 오동통하니 살이 올라 있었다. 더군다나 여문 씨가 임신한 벼룩보다 컸다.

비가 오지 않는 이상 살 것 같지 않았지만 풀과 같이 뽑히는 대파를 영산댁은 계속 다시 심어주었다. 부러진 써레 이빨처럼 빈자리가 많아서 뽑힌 대파를 버릴 수가 없었다. 다시 심어놓은 대파를 뒤돌아보면 허리가 푹 꺾여 있었다.

"목숨 줄이 질긴 것이라 행여 살아줄랑가?"

바람 한 점 없는 더위에 영산댁의 고쟁이가 땀에 절어 다리 가랑이 사이에 자꾸만 들러붙고 몰렸다. 영산댁은 그것마저 벗어버리고 싶었다. 고쟁이를 벗고 미친년처럼 널을 뛰든 춤을 추든 볼 사람도 없는 곳이 산 너머 밭이었다.

영산댁은 어제 저녁때부터 곡기라고는 막걸리 한 병뿐이었는데 땀에다 뺏기고 오줌까지 몇 번 누고 나니 남아 있는 것이라고는 살아 있고자 하는 쇠잔한 본능뿐이었다. 그런데도 영산댁은 밭고랑을 뭉쳐 다니면서 호미질을 했다. 둘째 아들에 대한 원망과 미움을, 쪽파보다 덜 자란 대파를 팔 수 있을까 하는 불안과 초조도 호미질한 흙 속에 묻었다. 삭신에 불이 붙어서 화산처럼 폭발이라도 할 것 같은 울화증을 다독일 수 있는 영산댁의 유일한 재주가 호미질이었다. 피고름 손으로 담을 쌓던 효준을 묻고 난 다음 날도 영산댁은 아리아리랑을 웅얼거리면서 호미질을 했었다.

"희선네, 기신가아?"

영산댁은 상점 안으로 들어가면서 인기척을 했다. 희선네는 낮잠을 자다가 깜짝 놀라 일어나더니 허리춤에 손을 넣어서 기운차게 긁으며 나왔다.

"밤이고 낮이고 잠만 퍼 자고 있으믄 어뜬 귀신이 파밭을 매주는가아?"

"이따가 해거름에 가서 한 주먹 줏다가 오제 어째라."

"하기사 볶아지게 생긴 한낮에 돌아댕기는 내가 노망이기는 하제."

"지 머리끄댕이 잡을라고 오신 것은 아니지라?"

희선네는 영산댁의 풀어진 안색을 보면서 왼쪽 입언저리를 살짝 올리며 경계를 풀었다.

"염병 말고 시어언한 막걸리나 한 뱅 갖고 이리와 앉게. 아적나절에 으찌케나 물에 걸신이 들었던지 갈증이 토옹 안 잽

힌당께."

희선네는 위아래로 흔든 막걸리를 대접에 따라서 영산댁 앞으로 디밀었다.

"아짐이나 시어언하게 들쇼. 지는 엊지녁에 먹은 술이 아직 도 덜 빠져서 죽겄은께라."

"워엇따아. 인자 살겄네. 사람들 많이 모탰든가?"

영산댁은 고개를 한껏 젖혀서 김치 쪼가리를 입에 넣으면 서 어제저녁 일을 물었다.

"시세나 알어볼라고들 나왔제, 계약을 한 사람은 몇이 안 됩디다."

영산댁이 어림짐작으로 꼽을 수 있는 사람들일 것이다.

"시세를… 을마나 치는데?"

영산댁은 가슴이 뛰어서 이리저리 돌리기만 하던 질문을, 침을 한 번 꼴깍 넘기면서 물었다.

"상품이 평당 삼천오백 원꼴이고 중품은 이천오백 원꼴로 셈이 된다고 합디다."

"…."

"그랑께, 로타리를 쳐불믄 쳐부러도 그 시세에는 계약 안 한다고들 합디다마는 지는 가져가기만 한다믄 판다고 신청은 해놨지라. 애리나 쓰나 종잣값이라도 건지는 것이 내 것이제라. 넘덜 눈치 보다가 꿩도 매도 놓치믄 나만 서럽제 어짜 겠소."

"하기사, 갈아엎어도 좋다는 뱃심이 있는 것은 뱃가죽에 기름기라도 채워졌은께 할 수 있는 짓이제. 뱃가죽이 등짝에 들러붙은 나 같은 사람이사 그런 호사도…."

영산댁은 턱으로 흘러내리는 막걸리를 눈물 훔치듯 닦아내면서 일어섰다.

"야기 잘 듣고 가네."

영산댁은 몇 겹으로 접은 천 원짜리 지폐를 탁자 위에 놓고 상점을 나왔다. 영산댁으로서는 희선네가 만만하면서도 편하고 정확하게 정보를 얻을 수 있는 유일한 통로였다.

"그 편안한 성품 덕택으로 동네 남정네들을 거의 품어보는 것인지. 여자가 정이 헤프믄 씨압씨가 열둘이라 했는데 정이 헤픈 것이 병이제."

영산댁은 이장 집으로 향했다.

"이장님, 기시요오?"

"오늘까지 안 오시면 전화를 드릴 참이었는데 잘 생각하셨구만이라."

"파가 하도 물짜놔서 딸꾹! 갈증이 딸꾹! 안 잽혀서 막걸리를 한 모금 했더니 딸꾹!"

"에에 또, 영준네 산 너머 밭이 그러니까 한 오백 평 되지라?"

"예에."

"시세를 어찌케 친다는 말은 들으셨을테고. 그라고 파를 사고 안 사고는 내가 아니라 농협 판매 담당 직원이 결정한다는 것도 아시제라?"

이장은, 대파가 상품성이 없어서 농협에서 계약을 안 해주는 것은 농사짓는 사람의 책임임을 당부했다. 그리고 '눈으로 안 봐도 훤한 파요!'를 돌려서 한 말이기도 했다.

"예, 예, 아다마다요."

이장이 대파밭을 둘러보러 온 농협 직원이라도 되는 것처럼 영산댁은 몸을 낮춰서 조아렸다.

"여그다 지장만 찍으면 돼요. 한 매칠 있다가 농협 직원이 밭을 둘러보고 가부를 알려드릴 것이구만이라."

"예, 예. 그라믄 지는… 쉬시요이."

"가입시다이."

영산댁이 이장이 내민 신청 서류에다 지장을 찍고 일어서는데 다리가 휘청했다. 영산댁은 찡그리는 이장의 면상을 뒤통수로 보면서 집을 나왔다.

영산댁은 취기로 감기는 눈을 치뜨며 산 너머를 향해 뙤약

볕을 걸었다. 집으로 들어가서 눕기만 하면 깜빡 잠이 들 것 같아 산밭으로 가서 허리춤이나 폈다가 밭을 맬 참이었다.

"오늘 갈지이 내일 갈지이 모르느은 세에사상 내가 심긴 호박모오 담장으을 넘네에 아리아리라라앙 서리서리라아아앙."

영산댁이 혼자 있을 때마다 입안에서 나오는 타령이 영산댁과 같이 걸었다.

윗대 시어른의 묘부터 벌초를 하다 보니 남편 묘에 낫질을 시작할 때는 가지고 온 막걸리 병도 바닥이 났다. 영산댁은 풀 한 주먹을 나락 한 가마니보다 무겁게 낫질해갔다. 이제 남편의 묘 한 비상만 하면 끝나는 벌초인데 남아 있는 한 비상이 벌초를 해놓은 일곱 비상의 자리보다 넓고 많아 보였다.

"뭐언 놈에 날씨가 오시라는 비는 안 오고 사람 타 죽게 찌기만 하는고오."

영산댁은 갈증을 다스릴 요량으로 칡덩굴을 낫으로 잘라서 잘근잘근 씹어 삼켰다. 배곯던 시절의 달착지근한 맛은 아니어도 떫떠름함에 숨어 있는 단맛이 제법 타는 목을 적셔주었다. 한참 동안 앉은자리에서 무심코 칡덩굴을 씹다가, "오메! 그라고 본께 뭔 칡순이 이르케 많으까?", 영산댁은 오른손 바닥에 침을 퉤퉤 뱉어서 낫을 거머쥐고 남편 묘에 유독 많이 뻗어 있는 칡덩굴을 베어나갔다.

"오메오메! 이것이 뭔 일이끄나아?"

영산댁은 낫질하던 손을 멈추고 남편의 무덤을 뒤덮고 있는 칡덩굴을 살폈다. 아무래도 이상했다. 영산댁의 등줄기에 흐르던 땀이 얼음물로 변한 폭포처럼 섬뜩했다. 남편의 무덤 위에 무성하게 뻗어 있는 칡덩굴 방향이, 다른 묘에 간혹 뻗어 있는 것과는 달랐다. 묏자리 주변에서 자란 칡이 묘를 향해서 뻗어 들어오는데, 남편의 무덤 위에서부터 칡덩굴이 뻗어나가고 있었다.

순간, 영산댁 가슴이 절구통에 눌린 듯해서 낫을 쥔 손이 풍 맞은 것처럼 부들부들 흔들렸다. 영산댁은 헛것을 본 것 같은 무섬증까지 생겨 낫을 팽개치고 그 자리에서 내빼고 싶었지만 낫을 쥔 손은 칡덩굴을 계속 따라갔다. 묘 정수리였다. 묘의 섶도 아니고 정수리에서 칡덩굴이 봉두난발하듯 얽혀서 시작되고 있었다.

"워메 워메에, 워메 워메에… 영준이 아부지이… 워메 워메에!"

영산댁은 칡덩굴이 시작된 곳을 맨손으로 파기 시작했다.

"워메 워메에, 영준이 아부지이. 이녁이 이 지경인 줄도 모르고 자빠져서 고래 심줄맹키로 살아보겠다고 주둥치에다 밥을 쳐넣고… 워메 워메에… 지가 죽일 년이요오!"

영산댁은 땀인지 눈물인지 알 수 없는 물을 뱉어내면서 한
참이나 무덤을 파 들어갔다. 어른 주먹만 한 칡이 옹이처럼
박혀 있었다. 영산댁의 맨손은 칡뿌리를 따라서 두더지처럼
흙을 파고 또 팠다. 자신이 무덤 안으로 자꾸만 들어가고 있
다는 사실은 생각지도 못한 채 흙을 파 젖히더니 엉덩짝을 아
예 무덤 안쪽에 두고 무덤 밖으로 흙을 퍼냈다.

칡뿌리를 중심에 두고 이쪽저쪽으로 옮겨 앉던 영산댁이
한자리를 잡고 파기 시작하자 손놀림이 이전보다 빨라졌다.
조금만 더 파면 박아놓은 말뚝 같은 칡뿌리가 뽑힐 것 같았
던 것이다. 이만하면 됐다 싶을 때, 영산댁의 손가락 끝에 흙
과는 다른 뻣뻣한 감각이 언뜻 스쳤다. 잠깐 멈칫한 영산댁은
고개를 한 번 갸웃해 보이고는 기운깨나 씀직한 장정 팔뚝 같
은 칡뿌리를 두 손으로 거머쥐었다. 칡뿌리는 영산댁의 힘에
못 이겨 맥없이 뽑혀 나왔다. 그런데 갑자기 엿가락처럼 길게
휘어지던 칡뿌리가 영산댁의 목을 감았다. 그러더니 영산댁
을 무덤 안쪽으로 끄는 것이었다.

"아이고오, 사살려… 주쇼오. 영준이 아부지이…이익!"

영산댁은 무덤 안으로 끌려 들어가지 않으려고 사지에 힘
을 모아 버둥거렸지만 몸통에서 모가지가 빠져서 무덤 안으

로 굴러떨어지고 있었다. 영산댁이 뒷덜미에다 똥구멍이 찢어지도록 힘을 주자 쿵! 하고 뒤통수가 바닥에 떨어졌다.

영산댁은 대파밭 고랑에 벌렁 자빠져 있었다. 단단한 들장미 가시 같은 땡볕이 영산댁의 얼굴을 할퀴고 있었지만 망측스럽기만 했던 꿈을 되작거렸다.

"백년 웬수가 뭔 일통을 저질르고 있으끄나?"

영산댁은 둘째 아들 기준이 기어코 제 명의로 해둔 이 밭을 팔아먹을 것이라는 확신이 섰다. 엊저녁의 전화는 사전 통보였으리라. 그런 일이 아니라면 밭고랑에 앉은 채로 설핏 잠이 든 사이에 그렇듯 사나운 꿈자리가 느닷없이 마련되겠는가 말이다.

"나럴 여그다 묻기 전에는 어림 택도 읎다 이놈아!"

영산댁은 서울에 있는 둘째 아들 기준을 떠올리며 냅다 소리를 질렀다.

"오메! 이케 자빠져 있다가 금쪽같은 해 다 잡어먹게 생겼네."

영산댁은 이제 그만 쉬고 일어나서 밭을 맬 생각으로 몸을 일으켰다. 마음은 어서 서둘러서 한 고랑이라도 축을 내고 싶은데 아까 자빠졌던 자세에서 몸뚱이만 비비적거리고 있었다. 몸뚱이가 영산댁의 말을 듣지 않았다.

"워메! 뭐언 이런 일이 있으끄나아. 어찌케, 어찌케 해야 쓰끄나!"

영산댁은 당황해하는 자신을 다독였다. 얼른 내려가서 침만 맞으면 다시 밭을 맬 수 있으리라 생각했다. 꿈자리가 하도 사나워서 놀란 모양이라고. 언제부터 자신이 그렇게 고급스러운 몸뚱이였다고 그깟 꿈자리에 놀라서 나자빠진단 말인가. 세월의 무게가 아무리 무겁다 한들 남들 앞에서 눈물 한 모금 내보이지 않고 살아온 강단을 이기겠는가 말이다.

영산댁은 손과 발을 움직여봤다. 오른손과 오른발은 아쉬운 대로 기운을 쓸 수 있을 것 같은데 왼쪽은 움직임이 전혀 만들어지지 않았다. 마비 상태 그대로였다. 오른쪽을 쓸 수 있다는 것이 천만다행이었다. 여기서는 자신이 죽어서 살이 썩고 뼈만 나뒹굴어도 동네 사람들은 모르리라. 해가 지기 전에 산을 내려가서 사람들 눈에 띄어야 한다. 그래서 서울로 쫓아가서 둘째 아들 기준이 언감생심, 산 너머 밭을 어쩌지 못하도록 오금을 박아놔야 한다는 생각뿐이었다.

산자락에 그늘이 생길 때까지 영산댁은 한 뼘도 나아가지 못했다. 오른발 뒤꿈치와 오른 팔꿈치가 얼마나 상했는지 살짝만 비비적거려도 식은땀이 나게 아팠다. 누운 상태에서는 한 치 앞도 천 리 길이라는 사실이 영산댁의 정신을 더 아득

하게 했다. 어떻게 해서든 엎어져야 할 것 같았다. 엎어지기
만 하면 기어갈 수 있을 것 같은데 그것 또한 되지 않아서 힘
만 빼고 있었다. 오른손 근처에 나무 한 그루만이라도 아니
단단한 돌 하나만 박혀 있어준다면 기력이 모아질 것 같지만
그마저도 없었다.

아까 밭을 맬 때는 날이 선 돌덩이만 같던 흙이 이제는 가
루가 되어서 영산댁이 꼼지락거릴 때마다 먼지가 풀풀 일었
다. 기운을 모아서 한꺼번에 힘을 쓸 수 있는 무엇 하나가 없
었다. 궁리 끝에 구멍을 파면 모서리가 생겨서 힘을 쓸 수 있
을 것 같았다. 그 방법밖에 없다는 생각이 들자 오른손으로
구멍을 팠다. 구멍을 파면서 손에 잡힌 흙은 궁둥이 밑으로
밀어 넣어 최대한 경사가 지도록 만들었다. 경사가 질수록 엎
어지기 수월할 것 같아서였다. 손부리가 몹시 아팠지만 힘을
쓸 만큼의 구멍은 아직 멀었다. 문득 호미만 있으면 깊은 샘
이라도 팔 것인데… "호무, 그래 호무!", 영산댁은 오른발 근
처에서 호미를 찾아내자, 어쩔 수 없이 까치밥이 될 모양이다
싶던 두려움을 다 물리칠 수 있었다.

살랑살랑 불던 바람도 멎고 골짜기 천수답에서 살림을 차
린 개구리들이 한목소리를 내기 시작할 때서야 영산댁은 몸
뚱이를 엎을 수 있었다. 그러자 남의 품삯 일로 기나긴 하지

해를 넘기고 어두워져서야 불빛 없는 집 안으로 들어설 때와 같은 나른함이 영산댁 안으로 파고들었다. 그래도 영산댁의 손에 호미가 쥐어져 있다는 것은 산 아래가 아니라 기어서 서울까지라도 갈 수 있다는, 굴삭기 못지않은 장비를 갖춘 셈이었다.

영산댁은 얼굴에서부터 한 자 정도 먼 곳에 호미 날을 찍었다. 그 호미에 의지해서 오른손에 힘을 주면서 몸을 앞으로 당겼더니 호미가 썩은 말뚝처럼 픽 자빠졌다. 다음에는 한 자가 못 되는 위치에 호미를 박고 손을 더듬어서 돌을 찾았다. 하지만 쓸 만한 돌이 손에 잡히질 않았다. 지천에 깔려 있던 개똥도 약에 쓰려면 안 보인다더니 밭을 맬 때는 돌이 새끼를 치는가 싶게 호미 끝에 받히던 돌들이 몸뚱이 주변을 다 더듬어도 쓸 만한 게 없었다. 하는 수 없이 갓난이 주먹만 한 돌로 호미를 박았다. 그러고는 호미 자루를 잡고 몸체를 이끌었다. 몸뚱이가 처음으로 산 아래를 향해 내려가기 시작했다. 밭 귀퉁이까지만 나가면 나머지는 산길이라서 호미를 박기도 쉬울 테고 의지할 수 있는 나무도 많을 것이었다. 앞으로 나갈수록 제법 쓸 만한 돌이 손에 잡히곤 했다.

냄새부터가 달랐다. 대파밭에 엎드려 있을 때는 오로지 후끈한 대파 냄새가 전부였는데 산길로 접어들고 나니 흙내도 맡아졌다. 송진 냄새가 어둠을 한 겹 벗겨낸 듯 호미가 선명하게 보였다. 오래전에 잎을 펼친 고사리는 텁텁하게, 인동초나 찔레꽃의 은근한 향기, 익모초와 쑥의 쌉쌀한 냉기가 영산댁의 코를 벌름거리게 했다. 억새꽃에서 나는 얇은 단내가 영산댁으로 하여금 물 냄새를 그리게 했다. 개구리들이 악에 받친 듯 내는 소리보다도 골짜기 밑동에서 돌돌 흐르는 물소리가 영산댁의 귀청을 뒤흔들었다. 영산댁은 칡덩굴 줄기를 씹어서 뱉어내지 않고 김치를 먹듯 입맛을 다셔가며 목젖으로 넘겼다. 기어가면서 먹을 요량으로 다시 칡덩굴 줄기를 여러 가닥 끊어 목에 걸쳤다. 사납게 물어뜯던 모기들이 뜸하게 달라붙는 것으로 봐서 초저녁이 한참이나 지난 것 같았다.

퍼억! 스으으윽. 뱀이 풀숲을 지나는 소리보다 낮게 굼벵이의 빠른 걸음보다는 느리게 영산댁은 산길을 내려갔다. 희선네 남편 묘가 희미하게 보였다. 산 아래까지는 절반을 내려온 셈이었다. 술 취하면 두 홉들이 소주를 들고 와 남편의 묘 앞에서 한바탕 통곡을 하는 희선네의 버릇이 문득 생각나자 행여나 하는 기대가 영산댁 손바닥을 새삼 쓰리게 했다. 손바닥뿐만 아니라 어디 한구석이라도 멀쩡한 데가 없었다. 기면서 살이 닳아진 팔꿈치나 무릎은 섬뜩섬뜩 놀라게 아팠고 가시에 찔리거나 모기에 물린 데는 간질간질하면서도 욱신거렸다. 뼈마디마다는 탈골이라도 된 듯했고 어디가 어떻게 아픈지 가늠할 수가 없었다.

"워메! 염병할 거엇!"

영산댁의 손이 소나무를 잡다가 소나무를 타고 올라간 찔레 덩굴까지 잡았던 것이다. 껍질이 벗겨지고 닳아진 손바닥에 여러 개의 가시가 박혔다. 영산댁은 손에 잡히는 대로 풀잎이고 나뭇잎을 뜯어 오른손에 펴 두르고 칡덩굴로 감았다. 가죽 장갑을 낀 듯 든든했다.

어미 개가 새끼를 보듬듯 가로등 불빛이 울타리처럼 동네를 포옥 감싸고 있었다. 영산댁이 왼쪽으로 고개를 들어보니 초승달이 손녀들 눈썹처럼 앙증맞다. 해가 뜨기 전의 유독 진한 어둠이 만들어지는 새벽 4시쯤이라는 표시였다. 영산댁이 엎드려 있는 곳은, 영산댁이 동네 사람의 발걸음까지 셀 수 있는 자리지만 동네 쪽에서는 굳이 눈길을 돌려서 볼 일이 없는 위치였다.

퍼억! 스으으으으으윽. 딱! 퍼억! 쓰으으으으윽.

반딧불 같은 불빛 두 개가 동네를 향해 날고 있었다. 이 시간에 동네로 들어오는 불빛이라면 양파 작업하러 가는 인부들을 실어 나르는 봉고차뿐이었다. 차가 멈추자 기다리고 있던 일곱 명의 사람들이 차 안으로 들어갔다. 동구댁은 맞춰야 할 사람을 다 채운 모양이었다. 사람이 모자라지 않았으니 동구댁은 영산댁한테 이녁 일은 나중에 하고 양파 작업하러 가자는 전화를 하지 않았으리라. 그렇다면 영산댁 자신이 동네에 없음을 아는 사람이 아직 아무도 없다는 것이었다. 사람들을 태운 차는 동네를 등지고 다시 달리기 시작했다.

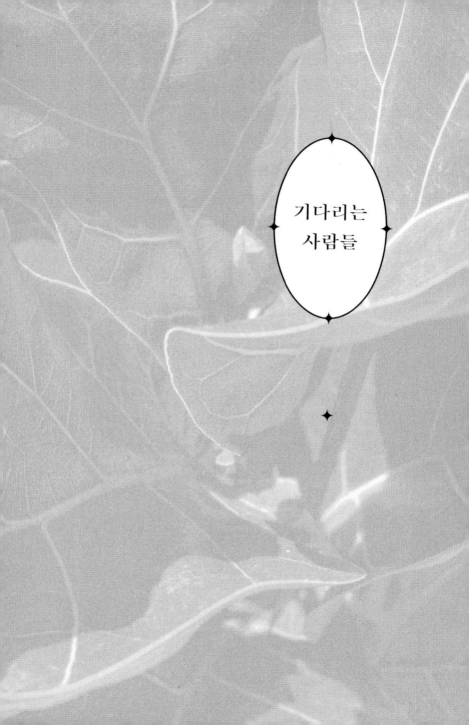

기다리는
사람들

"참말로 콤피터랑 연애했으끄나?"

"아무리 한다고 그런 기계하고 연애가 되겄소. 나가고 없은께 이 말 저 말 나온 것이제!"

"아따, 자네는 테레비를 건덕굴로 보는갑네. 할 일 없는 여편네덜이 콤피터랑 연애해갖고 서방이랑 갈라서는 것이 한둘이 아니라등마는."

"그라믄 기계가 암놈 수놈 있다는 말이요?"

"낫살도 나보다 적은 사람이 어째 그케도 깝깝한가. 기계가 어찌케 연애를 하겄는가? 테레비 연속극에서 연애질하대끼 그케 하는 것이제, 암놈 수놈 기계가 이불 우게서 보듬고 연애질을 하는 줄 아는가!"

짱짱한 초록색 들녘 한 귀퉁이를 붉게 물들인 창선네 고추밭에서 고추를 따는 일꾼들이 주고받는 말이었다. 마침 중국집에서 오전에는 배달을 못 해준다고 해서 창선이 읍으로 자장면을 가지러 간 사이에 창선의 아내 미애가 몰매를 맞고 있었다.

"민우 아빠 저기 오요. 그만들 하쇼!"

창선이 오지도 않은데, 미애가 군입가심으로 씹히는 것이 내내 불편했던 내가 한마디 했다.

"따서 간수할 각시도 없는데 고추는 염병하게도 많이 달렸네에."

기철네가 내 엄포를 제대로 알아챘는지 말머리를 돌린답시고 말꼬리는 다시 제자리에 얹혀놓고 말았다.

'오나가나 창선이 각시, 창선이 각시 징해서 못 듣겠네.'

동네 사람 둘만 모였다 하면 밭에서 풀을 뽑다가도 고추를 따다가 새참을 먹다가도 미애를 끌어들였다. 진절머리가 난 나는, 땡볕보다 더 뜨거운 열을 속으로 쑤셔 넣었다.

기철네 말처럼 고추가 정말 많이도 열렸다. 두 번째 따는 고추는 양도 많이 나오는데 따야 할 시기에 비가 계속 와서 세벌고추와 맞물려 따느라 열 걸음도 안 가서 비료 포대가 가득 찼다. 아무리 많이 따도 내 집 안으로 들어갈 것은 아니지만 매니큐어 칠한 듯 반들거리는 고추가 보기 좋았다. 쪼그려

앉은 자세에서 고추를 따려고 고개를 옆으로 젖히면 빨갛게 달아오른 고추가 무더기로 고춧대를 덮고 있었다. 몸매가 늘씬늘씬 잘 빠진 데다가 옷까지 세련된 도시 여자 같다.

"미자여어!"

창선이 자장면이 든 바구니를 들어 올리며 오른손을 입에 갖다 대면서 먹자는 시늉을 했다. 일꾼들이 고추밭 밖으로 나오자 창선은 신문지를 펼쳐서 자장면으로 새참을 차려놓고 막걸리 병을 위아래로 흔들었다.

"민우 아빠야, 부지런히 서둘러야 쓰겄다아. 고추가 오지게도 나온다. 이런 맛에 농사를 짓는데…."

나는 고추 농사가 풍년이라서 보기는 좋은데, 풍년 농사를 받쳐줄 시세가 시원치 않아 걱정이라는 말을 보태려다가 꼬리말은 잘라버리고 막걸리부터 따르라고 창선한테 사발을 디밀었다.

"느그 서방은 요새 밤이 무섭다 하드라. 애지간히 보채제 그라냐."

"놈 야간작업 걱정 말고 니 아랫도리나 단속 잘해라 미친놈아. 각시 없다고 아무 데나 씨 뿌리고 댕겼다가는 탄저병 걸린다아. 다 된 고추에 탄저병 와봐라 아무리 약을 쳐도 소용없이 시커멓게 썩고 말제. 안 그래? 하기사 밤이고 낮이고 그케 술을 퍼먹으니 씨도 몰라부렀는지 모르제."

창선은 자장면을 비비지도 않고 막걸리만 홀짝거리다가 느닷없이 내게 농을 지껄였다. 입맛이 없기는 나도 마찬가지라 불어서 잘 비벼지지 않는 창선의 자장면을 대충 비벼 창선 앞으로 들이밀며 대거리를 해주었다.

창선이 옆에 있던 고추를 집어서 나를 때리는 시늉을 했지만 나는 그냥 자장면 몇 가닥을 집어서 메마른 입맛을 달랬다.

"징한 년, 한마디도 안 지고 꽉꽉 씹어서 뱉어낸당께."

"아이 염병할 놈아, 니가 맛난 것 줘도 내가 씹어뱉겄냐!"

나와 창선은 자장면을 그대로 놔둔 채 막걸리와 함께 농담을 주거니 받거니 했다. 기철네와 상기네가 거들며 웃었다. 이런 투로 실없이 나누는 말들은 남의 험담을 하지 않고도 일꾼들이 같이 웃으며 피로를 잊는 방편이기도 했다. 허리가 동강 날 것 같고 어깻죽지가 내려앉는 고단함이 몸뚱이를 짓누를 때 일꾼 중 누군가가 지껄이는 질펀한 음담패설은 나무 그늘 같은 역할을 해줬다. 이를테면 같이 장단을 맞춰가며 즐길 수 있는 노동요를 대신하는 셈이었다.

"민우 아빠야, 무자년 가뭄에 방죽 파대끼 서둘러도 해 전에는 다 못 따겠는데 어찌케 할래?"

상기네가 내일은 우리 밭 고추를 따야 하기 때문에 창선네 일감이 마무리되지 못할 것에 대한 걱정까지 보탰다. 미애가 있다면 굳이 남은 일감에 대해서 신경을 쓰지 않아도 되겠지만 오늘 따지 못한 고추는 가지에 달린 채로 마르게 될지도 모를 일이었다.

"어금니가 없으믄 송곳니로 사는 것이제. 즈그 새끼덜하고 오순도순 따라고 하제 아짐은 별 꺽정을 다 하요."

나는 창선을 건네다 보면서 나를 또 불러대지 마라는 확인 도장 찍는 소리를 했다.

"낼 느그 서방하고 아짐들은 느그 것 따라고 하고, 너랑 나랑은 뻐꾹새 소리 들어감시로 여그서 고추 따끄나? 히히힝."

"썩을 놈아! 내 말 잡고 삼춘네 말 잡는다는 말도 안 들어봤냐!"

창선이 의미를 두지 않고 지껄이는 말에, 나는 툭툭 터는 소리로 답해주면서 고추밭 고랑으로 들어섰다.

"석 달 가뭄에는 살아도 한 달 마통은 못 전드겄다고, 어지께 내 입으로 뺄은 말을 다시 줏어 담어야 쓸랑갑네. 이노므 날이 사람 잡을락 하네이."

"막걸리 한 모금 한 것이 욱으로 올라오는 모양인가, 워메 숨이 맥혀불라고 하네."

오전 11시가 가까워지자 옷자락에서까지 뚝뚝 떨어지는 땀방울은 아무것도 아니게 금방이라도 숨통을 막을 것 같은 뜨거운 기운이 몸 안과 밖에서 화끈거렸다. 게다가 두 줄로 고추를 심어놨기 때문에 고랑에 앉으면 밀폐된 비닐하우스에 갇힌 것처럼 더운 공기가 훅훅 들어왔다. 위에서는 송곳 같은 땡볕이 내리꽂히고 바닥에서는 비닐에 반사된 볕이 드러난 살갗을 태울 듯 덤벼들었다.

"워어따아, 이라다가 아짐들 자빠지믄 큰일인께 바깥에서 바람 좀 쐽시다."

내가 못 견딜 정도면 칠순 노인들한테는 위험하다는 생각이 들어 두 노인들을 고추밭 밖으로 불러냈다.

"민우 아빠야, 가서 냉커피라도 잠 타 온나. 선찮은 고추 잠 딸라다가 송장 치게 생겼다. 그라고 간 김에 우리 집에 가서 미숫가루도 시언하게 타 오고, 아짐들 잡수게."

나는 고추를 따서 담아놓은 포대를 나르고 있는 창선을 불러서 심부름을 시켰다.

"너는 나를 꼭 느그 서방 부리대끼 할락하드라!"

창선이 내 손짓을 따라서 나오더니 한마디 던지고 뒤돌아섰다.

"아까운 서방한테 그런 궂은일을 시키겠냐. 시퍼 뵈는 너한테나 그라제."

말하고 나니 사실 그랬다. 집안일에는 동작이 굼뜬 남편한테 이런 일을 시키느니 내 손으로 하는 것이 속 편한데, 창선은 자잘한 일을 자연스럽게 했기 때문에 부려먹기 편했다.

"아까는 바람이 살랑살랑한께 견들만 하등만 울던 애기 잠들대끼 바람이 또옥 그쳐분께 미싱미싱 속이 올아온당께."

"삼복더우 아니요."

"징하다 징하다 해도 삼복더우에 고추 따는 것이 지일 징하당께. 저 끔끔한 데서 바람이 통해야 사람이 살제. 시세라도 좋다믄 그작저작 견딜만 할랑가는 모르겄는데 니미랄 풍년이 웬수랑께."

"풍년도 풍년이제마는 중국 것이 말도 못 하게 들어온께 시세가 그 모양이라고 안 하요."

"국회의원들은 뭣 하고 있는고. 농민덜이 살아야 나라가 산다고 밭에까정 와서 넙쭉 절까지 하던 작자덜이 노므 나라 농민 살릴라고 이녁 나라 백성덜만 잡고 자빠졌당께. 외국 것 잠 안 들어오게 못 하는 가아?"

"우리나라 심이 선찮한께 미국 같은 나라한테 싹싹 빌어야 지우 살림이 된다둥마는."

"높은 양반덜이 미국한테 싹싹 비는 것이 우덜 위한다고 그라겠는가. 지덜 뱃속 채울라고 하는 짓거리제. 안 그란가!"

"그 사람덜 속으로 들어갔다 나온 것맹키로 말하요이."

"늙어갖고 눈코입귀가 너머 총총한 것도 권 못 탈 노릇이제 마는 자네같이 첩첩산중은 더 못 볼 노릇이네. 아, 테레비를 볼 때는 눈 뿔깡 뜨고 귓구녁은 매가 들쥐 잡아채대끼 테레비에서 하는 소리를 널름널름 줏어 담어야제, 중 삼밭 지나가는 소리 하는구나 하고 있은께 귀동냥이 어둠제 어짜겠는가. 마늘 농사짓는 데서는 경운기도 태와불고 난리가 났다 안 하든가."

"금메 말이요. 중국한테 우덜이 져부렀담시로라."

"진 것도 진 것이제마는, 진 것을 이겼다고 우덜 농민한테 어거지 쓰는 모양이여."

밭둑 단감나무 그늘에서 땡볕을 피하는 노인네 둘이 여기저기서 주워들은 풍월을 읊은 지도 한참이나 되었지만 땀구멍은 닫히지 않고 계속 물을 뿜어냈다. 나는 흐르는 땀 닦기도 바쁘다는 듯 귀만 열어놓고 있었다. 그러나 세 사람밖에 없는 자리에서 입 다물고 있는 사람은 곧 시선을 받기 마련이었다.

"자네한테도 연락이 없든가?"

미애와의 친분이 그거밖에 안 되었냐는 투로 기철네가 반

강제로 내 입을 열게 했다.

"지 서방한테도 안 하는 연락을 나한테 하겠소."

"즈그 서방이사 몽댕이 갖고 쫓아오까 무서서 못 하겠지만 새끼덜이 눈에 밟혀서 자네한테는 뭔 소식을 듣고 잪을 것이 아닌가."

"새끼덜이 눈에 밟히는 년이 기어 나가서 달포가 지나도 안 들어오고 자빠졌겠소! 그나저나 이 염병할 놈은 미국으로 커피를 가질로 갔는가. 으이구우 수컷덜한테 뭣 좀 시켜노믄 이 지랄을 한당께라."

창선을 기다린다고 계속 앉아 있다가는 또다시 미애 일로 고문 아닌 고문이 이어질 것 같아서 단감나무 그늘을 벗어나오며, 나는 일을 재촉했다.

"이왕지사 꾀벗고 홀엄씨 방에 들어왔은께 볼일은 다 보고 가야제 어짜겠는가."

내가 단감나무 그늘을 털고 일어서자 노인네들도 따라 끄응 일어서며 하는 말이었다.

더워도 정말 너무 더웠다. 작년에도 아니 10년 전부터 이맘때는 고추를 땄는데, 올해는 유독 더위가 느껴졌다. 먹은 것도 별로 없이 속이 울렁거리고 가끔씩 뒤통수가 당기면서 눈에서는 번쩍번쩍 별이 지나가기도 했다.

나는 고추밭을 휘둘러보면서 앞으로 따야 할 고추 분량을 어림짐작해보았다. 아무리 다잡아 손을 놀려도 세 명이 달라붙어 한나절을 더 씨름해야 마무리될 것 같았다.

"우리 것 딸 때 사람을 두엇 더 붙여서 서둘러서 따고 낼 이것까지 치다꺼리해붑시다."

"사람이 있겄는가?"

"사람이 없으믄 죽은 씨엄씨라도 달개서 모셔와야제 어짜겄소. 이것 이대로 놔두믄 저 삼시랑 같은 놈이 밭에서 물려불 것인데, 품은 내가 갚어드리께라."

고추 딸 사람이 없어서 익은 고추가 밭에서 마를 지경이라, 젊은 내가 품을 갚아준다고 하면 마다할 사람이 없을 것을 어림쳐서 한 말이었다.

"자네가 품을 갚어준다믄 우덜이사 좋제마는 옆에서 자네가 고상이네."

"내가 공짜배기로 저 오살할 놈 일을 해주겄소. 돈은 돈대로 받고 치사는 치사대로 받고 잪어서 그라는 것이제."

"미자여어! 미자여어!"

때늦게 나타난 창선이 단감나무 아래에서 물병을 들어 보이며 의기도 양양하게 나를 불렀다.

"저 염병할 놈은 미자가 즈그 집 개 이름인가 시도 때도 읎이 불러대는구마안. 아짐들, 나가서 마실 까라 갖고 들어오라고 할까라?"

"인자사 들어왔는데 어찌케 또 나가겠는가. 갖고 들어오라고 하게."

나는 창선에게 손짓을 해서 갖고 오라는 시늉을 했다.

"더우 먹은 송장 다 치고 나믄 올라고 인자 왔냐! 그것 잠물에 젓어서 갖고 오는 것이 몇 단 걸린다고."

땡볕에서 고추를 따느라고 목이 타서 숨이 넘어갈 지경인데, 심부름이나 하는 남자들은 하나같이 느러터져서 일하는 사람 애간장을 녹이니 내는 짜증이었다.

"느그 집 가서 미숫가루를 찾아도 없드라. 그래서 느그 서방한테 전화로 물어봤더니 그놈도 모르등만. 그래서 할 수 없이 냉커피만 타고 음료수 사 왔다."

창선은 노인들한테는 음료수를 따라주고 내 몫으로는 냉커피를 내밀었다.

"너도 한 모금 해라아."

내가 먼저 마시고 창선한테 커피를 따라서 건네느라고 고개를 들어보니, 머리카락은 목을 덮도록 장발인 데다 듬성듬성 돋아난 턱수염도 벌초 못 한 묘 같았다. 내 목구멍에서는, 그랑께 그 성질 쬐깐만 죽여보라고 안 하든, 하는 당부가 또 나오려고 하는 것을 애써 닫았다.

새참 먹을 때까지만 해도 보기 좋던 고추가 11시가 넘어서면서부터는 소득 없는 짐으로만 보였다. 사실이 그랬다. 작년의 절반 가격이니 애써봐야 헛일이라는 생각이 눈을 침침하게 해서 풋고추까지 달린 가지를 자주 꺾었다.

"점심 먹어야 하지 않겠나?"

창선이 내 옆으로 와서 점심시간을 알렸다. 미애가 있었다면 된장이라도 가져와서 밭에서 밥을 먹겠지만 사정이 사정이니만큼 각자 집에 가서 밥을 먹기로 했었다.

"우리 집으로 가서 한술 뜨자."

나는 창선이 점심 때울 곳이 마땅치 않을 것 같아서 평소대로 권했다.

"이 몸은 읍에 볼일이 있다아."

"아무래도 수상하다아. 촌놈이 뭔 볼일이 그케 쎘다고 쥐새끼 곳간 들어댕기듯 읍내를 댕겨쌓냐? 그새 샛각시라도 맞췄으끄나아?"

"너만 한 샛각시가 어디 있겠냐."

말은 그렇게 했지만 남편이 집에 없다는 사실을 안 창선은 나와 둘이 앉아서 밥 먹기가 불편한지 볼일이 있다고 읍으로 내뺐다.

"염병할 노옴! 저절로 터진 주둥아리라고 꼭 알창 없는 말만 해라."

나는 까치집 같은 창선의 뒤통수에다 돌멩이와 함께 미운 소리를 던졌다.

미애가 집을 나가기 전에는 남편이 있든 없든 상관없이 아무 때고 밥 내놓으라고 창선은 내 집 현관문을 열었는데, 달포 전부터 남편이 없을 때는 얼굴을 내비치지 않았다. 나는 그것이 더 불편했다.

창선과 나는 한동네에서 나고 자랐는데 냇가에서 같이 멱을 감을 때까지는 흙바닥에 뒹굴면서 싸움질이 잦았다. 딸만 있는 집에서 자란 나는 꼭 남자가 대장이어야 한다는 동무들의 묵인을 받아들일 수 없다고 우겼다. 창선은 고추도 없는 가시나가 대장을 하면 부정을 탄다며 나를 누르려 해서 둘은 눈만 마주쳤다 하면 땅바닥에서 엎치락뒤치락하기 일쑤였다. 그래서인지 아직도 나는 창선이 나보다 힘이 센 남자로 보이지 않는데 미애는 창선의 주먹을 무서워하며 못 견뎌했다.

집에 들어와보니 미숫가루를 담아놓은 플라스틱통이 싱크대 옆에서 나 보라는 듯이 있었다. 부엌살림에 익숙한 미애라면 내가 미숫가루를 감춰놨더라도 찾았을 것이다. 여름에 시원하게 마시려고 만든 미숫가루가 있을 자리는 부엌이라는 것을 여자들은 다 아는데 남자들은 왜 현관에 있는 텔레비전 주변을 기웃거리는지 알 수 없는 노릇이다.

읍으로 관리기 고치러 간 남편한테 발신자 추적 전화기 한 대 사 오라는 전화를 할까 말까 망설이다 수화기를 제자리에 놓고 말았다. 발신자 추적이 되는 전화기가 미애를 끌어들이는 데 얼마나 효과가 있을지 자신이 없어졌다. 어제저녁에 미애 전화를 받자마자 생각난 것이 발신자 추적 전화기였기 때문에 오늘은 꼭 그것을 사리라 맘먹었는데, 생각을 몇 번 뒤집다가 삼복더위에 고추를 따고 살아야 하는 인생살이가 뭐 그리 대단하다고 미애를 끌고 와야 할까 싶어졌다. 더군다나 내 몸뚱이보다 귀하게 여긴 고추가 노력은 고사하고 생산비도 안 되는 시세를 물고 있는 형편 아닌가.

미애가 전화기에 대고 속사포같이 쏘아대던 소리들이 아직 내 귓속에서 나가지 않고 윙윙거리고 있었다.

"평생을 밭고랑 기어 댕겨서 손에 쥐어진 것이 뭣이겄냐. 이녁 새끼나 알아주는 훌륭한 골병에다 처다보기도 아깐 빚덩이밲에 더 있냐! 민우 아빠가 주먹질해대는 것도 징했지마는 늙어 꼬부라질 때까지 엎져서 흙을 파도 사는 각단이 안 뵈는 시상살이를 인자는 안 살고 잪다. 그 구덕 생각만 해도 징상스럽다!"

"워어따 변호사 뺨치게 그새 청산유수로 발전해부렀다아. 그라믄 니 속으로 깐 새끼덜은 어찌케 할래?"

"새끼덜은… 자리 잡히는 대로 데려올란다."

"니가 잡는다는 자리가 낼모레라도 잽히냐? 그라고 니가 새끼덜 데꼬 간다고 하믄 니 서방이 워메 그라믄서 데꼬 가게 하고 새끼덜 내줄 성싶냐고!"

"…"

머리가 좋아서 지름길을 빨리 찾은 사람처럼 꼿꼿하게 굴던 미애는 새끼들이란 말에 데쳐놓은 푸성귀마냥 금세 축 쳐졌는지 중언부언했다.

"염병 말고 인자 속도 가라앉았은께 들어와야제에. 낼 내가 너 있는 데로 가께. 만나서 얘기하자."

"만나서 얘기를 한다고 내 맘이 달라질 것은 없어야. 새끼… 새끼덜 땜시… 그라제."

"아이 썩을 년아! 대한민국 천지에 서방만 쳐다보고 사는 년이 맻이나 된디야. 다 새끼덜을 떠불 수가 없어서 엎져 있는 것이제 서방이 뭣이 음마나 좋기만 해서 붙어살겄냐. 이녁 속으로 난 새끼는 이녁 손으로 거둬 맥여야제에."

"새끼덜 클 때까지만 참어볼라고 했제마는 인자는 더 이상 못 하겄어야. 아니 안 하고 잪다. 거그서 살던 맘으로 살믄 어디 간들 그 시상보다는 낮어야. 한 달 월급이라고 백오십만 원 주드라. 눈 올 때 파종해갖고 지금 딴 고추를 몇 근 팔어야 백오십만 원 맹글어지냐?"

"……"

미애를 어르고 달래려던 내 의지는 어디로 꼬리를 감추고 미애가 큰소리로 내뱉는 계산속에 빠져서 허우적대기만 했다.

식당에서 설거지하고 한 달에 백오십만 원이면 고추 육백여 근이었다. 식당 일을 앉아서 하는 것은 아니겠지만 최소한 헛일은 아니고 손해 보는 짓도 아님은 분명하지 않을까. 더구나 뼈에 금이 가는 줄도 모르고 지어놓은 농사가 어째서 헛농사가 되는지 납득할 수 없어서, 어금니 부서질 것 같은 억울함을 어찌지 못하고 손에 잡히는 무엇이라도 던져서 깨부수고 싶은데.

이리저리 뭉쳐 다니던 생각들이 그 '억울함' 앞에 멈추자 새끼들 어쩌고 하면서 미애를 끌고 오려던 맘이 싹 가시고 말았다. 게다가 불어나는 빚덩이와 발맞추듯 술병 비우는 숫자가 늘어나면 또 별스런 트집 잡아 주먹질까지 하는 창선을 생각하면 미애의 결단은 그야말로 현명한 선택 같기도 했다.

"동네가 어찌케 될라고 이라는가 모르겠당께!"

"지사가 안 될라믄 식혜 단지가 깨진다등마는 미꾸라지 한 마리가 또랑물을 꾸정커린당께."

어제 창선네 고추를 같이 따던 노인네들이 오늘은 우리 고추를 따다가 몰려드는 피로를 떼어내지 못하고 원기 회복제 대용으로 다시 미애를 들먹였다.

"어뜬 미꾸라지가 또랑물을 꾸정커린다고 그래싸요?"

나는 일찌감치 입막음을 해두려고 끼어들었다.

"기수 각시가 보따리 싼 지 사나흘 되고 만석이 각시는 이레가 넘었다 안 한가!"

상기네는 새로운 소식이 얼마나 군침 도는 것인지 너는 아직 모른다는 식이었다.

"기수 각시는 친정 엄매 지사 모시러 간다고 했고, 만석이 각시야 밤낮으로 보따리 쌌다 풀었다 하는 전문가 아니요!"

쌀밥 먹고 보리방귀 뀌는 소리 좀 그만하라는 당부로, 엔진까지 단 듯한 노인네들의 숙덕거림에 나는 오금을 박고 싶었다.

"너므 말 좁쌀 양식 싸갖고 댕김시로 하는 인사 보대끼 하네이. 어야 자네가 야기 좀 하게. 내가 애먼 소리 한가?"

상기네는 멍석을 펼쳐놓고 응원군의 등을 떠밀었다.

어젯밤에 고추 딸 사람 둘을 더 맞췄는데 그 사람들이 또 다른 소문을 물고 온 모양이었다.

"그저껜가 밤에 자는데 기수가 우리 집에 왔드랑께. 꿀재 우리 밭에다 기수가 대파를 안 심어놨는가. 그란데 느닷없이 밭을 못 벌겄다고 아짐이 볶아 먹든지 삶아 먹든지 하쇼, 그라더랑께."

용호네는 펼쳐준 멍석이 무척 맘에 드는지 구구절절 설명을 늘였다.

"그래서 수곡이 비싸서 그랑가 하고 내가 달겠더니, 각시가 서울서 못 오게 생겼다고 전화를 했드랑만. 전에 살던 서방하고 이혼이 안 되어 있었드랴. 그란데 전 서방이 기수 각시가 친정 엄매 지사 지내러 간 것을 어찌케 알고 찾아와서는 간통 죄로 철창 가게 해분다고 난리를 친다고 한당만."

"기수 각시 고것이 여시질을 해싼께 참말인지 안 오고 짚어서 둘러댄 말인지 모르제!"

"고것이 입만 열었다 하믄 서방이 돈을 안 맽기네 농사일이 되서 못 살겄네 해쌈시로 서방을 틀어진 이영 보대끼 하등만."

"그나저나 기수네 엄매는 오늘낼하고 있고 각시도 읎는데 초상이라도 날라치믄 징할 노릇이네에."

"그랑께 자고로 집안이 될라믄 여자가 잘 들어와야 하는데, 창선이 각시 그년이 바람을 여논께 동네 젊은것들이 마포 바지에 방구 빠지대끼 동네를 내빼는 것이 아닌가 말이여."

봇물 터진 듯 네 사람의 말 홍수가 나를 에워싸서 쭉 밀더니 일순간에 확 떠미는 충격이 느껴졌다.

"나갈라믄 한 살이라도 젊어서 나가야지라! 고르랑 팔십 되믄 오라는 데도 없을 것인데, 안 그라요!"

젊은것이란 말이 내 귓속으로 들어오더니 엎드려 있던 내 심사를 건드려서 덜 삭은 말로 튀어나왔다.

"어야, 어째 자네까정 그랑가?"

옆 고랑에서 고추를 따던 기철네가 고삐 풀린 망아지처럼 뛰고 싶어 하는 내 심술을 읽었는지 사뭇 조심스럽게 나를 훑어봤다.

"한 살이라도 젊어서 보따리를 쌌으믄 앞도 뒤도 읎는 이런 징상시런 시상은 안 살 것인데 못 그란 것이 원통해서 애먼 가슴만 쥐어뜯는다고 아짐들이 말끝마다 안 그랬소! 영리한 것들은 뒤도 안 보고 가는데 쭉쟁이 같은 것들만 남어서 땅덩어리가 즈그 한압씨라도 되는 대끼 엎어져서 뭉개고 있다고. 아짐들 말이 백번 천번 옳읍디다!"

목청이 높아진 내 악다구니에 매미도 놀라서 멀리 내쏘던 소리를 감췄는지 노인네들 고추 따는 소리만 토옥, 토옥, 고추밭 고랑에서 맴돌았다. 그러고 보니 우리 마을에 젊은것이라고는 나 혼자, 정말 나 혼자 밭고랑을 기어 다니고 있었다.

남의 말이라도 하면서 끈덕지게 달려드는 피로와 땡볕을 이겨보려는 노인들에게 괜스레 악다구니를 썼다는 생각이 들었다. 입안에서 미안하다는 말을 되새김질하고 있는데, 미애가 불쑥 새어 나왔다

"썩을 녀언! 고추는 따주도 안 할람시로 터널 비닐 빗겨졌다고 친정엄매 죽은 대끼 숨넘어가게 달려와서 사람 부천질을 못 하게 염병을 했으까!"

"아이, 뭣 하고 자빠졌냐아! 고추 비닐이 다 빗겨지고 있는데에!"

대파 정식할 때가 다 되어서 대파 모종 뿌리 떼기를 하고 있는데, 미애가 헐레벌떡 달려와서는 난리도 보통 난리가 아닌데 한가하게 모종이나 손보고 있다고 다그쳤다. 미애의 손에는 삽 두 자루가 쥐여 있었다.

"바람이 하도 불어쌓서 우리 고추밭에 들러보러 가다가 느그 고추밭을 건너다본께, 비닐이 빗겨져갖고 펄렁펄렁 미친 년 속곳 날리대끼 안 하고 있냐! 그래서 잠깐 손보믄 될랑갑

제 하고 나 혼자 손보다가 도저히 안 되겠길래 너 찾을라고 천지사방을 갈고 댕겼다. 얼른 가자, 얼른 가!"

고추 모종을 심고 터널 비닐까지 씌운 다음에 고맙게도 비가 와줘서 흙이 다져졌기 때문에 어지간한 바람에는 끄떡없으리라 안심하고 있었다. 그런데 늙어서 힘이 부족한 관리기로 흙을 덮었던 것이 탈이 났다. 비닐하우스 안에 있을 때 서리를 한 번 맞고 기진맥진하다 겨우 되살아난 모종을 심어놨는데 그것들이 다시 찬 바람에 못 이겨 뽑히고 찢어지고 아수라장이었다. 미애와 나는 한숨을 내쉬어볼 엄두도 못 낸 채, 빗물로 다져져 삽날이 들어가지 않는 흙을 떠 바람에 들고일어나는 터널 비닐을 다시 씌우느라 하루를 써야 했다. 그리고 둘은 꼬박 이틀을 앓았었다.

"하룻길을 가다 보믄 개도 보고 소도 보는 것이라네. 이만치 살았으믄 뒷등으로 가야 쓸 것인디 안적도 밭고랑에 엎져 있다 본께 헛소리도 하고 애먼 소리도 나오고 그라제 어짜겠는가."

"아님 말로 넘 말은 내가 하고 내 말은 넘이 한다고 안 하든가. 우덜이 맬겁시 자네를 건들라고 했겄는가. 동네 꼴이 하도 심란하게 돌아가는 것 같어서 걍 해본 소리네."

"옆에서 숯댕이 되고 있는 자네 속도 몰르고 공을 입으로 갚은 짓거리를 했네. 자네가 이해해야제 어짜겠는가."

그 밥에 그 나물이라며 동네 젊은것들을 흉보던 노인들이 이제는 부글부글 끓는 내 속을 식혀보려고 한마디씩 했다.

"젊은것덜 마포 바지에 방구 빠지듯 다 빠지고 나믄 아짐들 농사짓기 좋제 어째라!"

그러나 식은밥 변하듯 하는 노인들의 변덕에 아직 식지 않은 내 부아 덩어리가 돼지 발톱 뻗대는 소리로 솟구쳤다.

"곤히 자는 호랑이 코털을 누가 건들었으끄나?"

남편과 함께 건조기에 고추를 넣고 온다던 창선이 언제 왔는지 옆에 와서 한마디 거들었다.

"모르겄으믄 느그 각시한테 물어봐라, 썩을 놈아."

노인들을 향해 달리던 내 화살이 갑자기 방향을 틀어서 창선한테 꽂혔다. 그러자 남편과 창선이 마주 보고 눈을 동그랗게 만들더니 고추를 나르는 척 내게서 멀어졌다.

"따기 징한께 쬐깐만 심자 한께 뭔 염병이라고 이케 많이 심어갖고 사람을 잡는고오. 뭐? 고추 농사가 뻗치기는 해도 보기가 좋아? 익을 때 보믄 좋아죽겄다고? 워따 워따 좋기도 하겄다 썩을 놈아! 좋으믄 너나 좋제 나도 좋다 하던? 나는 이 노므 고추 보기만 해도 징그럽다 징그러어!"

내 속에서는 마른 장작이라도 타는지 불똥이 이리 튀었다

저리 튀었다 갈피를 잡지 못하다가 남편한테 옮겨붙더니 결국에는 또 다시 미애에게 달라붙었다.

"미친녀언! 바람 들었단 말 들어도 싸제, 싸. 그만하라고 할 때 그만했으믄 시끄럴 일이 뭣이 있어. 니 것 따고 내 것 따고… 욕먹어도 싸다 싸, 미친년아! 흙이나 파는 년이 죽은 대끼 땅이나 파고 엎져 있제 뭣 났다고 하늘을 쳐다봐, 시덥잖게. 다른 세상을 봤다고? 새끼덜까지 내팽개치고 을마나 잘살 것다고!"

"엿새 동안 쌔빠지게 일하고 하루 정도는 쉴 수 있어야 하지 않냐?"

느닷없이 미애가 그랬다.

"농사꾼보고 농업경영인이라고 안 하든. 너도 경영인인께 니가 쉬고 잪을 때 쉬어라! 누가 못 쉬게 하든?"

엉거주춤 엎드린 자세로 하루 종일 고추 지주 끈을 묶느라고 허리가 아프기는 나도 마찬가지라 퉁명스럽기만 한 내 대꾸에 미애가 꼬리를 달았다.

"으떤 씨발 것이 그런 쓰잘데기없는 말을 맹글었으까? 무식해도 보통 무식한 작자가 아닌갑구만. 이익도 없고 손해만 보는 경영인도 있으리라고 그런 염병하는 소리들을 하고 자빠졌으까?"

개미허리같이 약한 미애의 허리가 어깃장을 놓게 하는 모양이었다.

"일하기 싫으믄 좋게 싫다고 하제 뜬금없이 가방끈 긴 사람덜이 맹글어논 말을 갖고 시비를 거냐?"

한숨 돌렸다 하자고 내가 먼저 고추밭 고랑에 주저앉았다.

"이케 밤인지 낮인지 몰르고 흙만 파고 엎져 있다가 상기네 아짐이나 기철네 아짐맹키로 걷지도 못하는 다리 끌고 댕김시로 밭고랑이나 뭉치고 있으끄나? 칠십 살, 팔십 살까지 이 신세가 그 신세로 가믄 어찌케 하까?"

미애와 내가 가끔씩 앓는 병이 다시 도지는구나 싶었다. 이럴 때는 맞장구치기보다는 한쪽이 손바닥을 감춰버리는 것이 병을 빨리 지나가게 하는 방법이라는 생각으로 나는 눈만 끔벅거리고 있는데 미애는 아랑곳하지 않고 앓는 소리를 했다.

"정신과의사라는 사람이, 지금 당신이 하는 일이 당신의 미래를 결정한다, 그런 말을 했닥하냐. 가만히 생각해보믄 진짜 맞는 말 같드라."

"창선이 그놈이 또 너한테 주먹질하든?"

"사람이 뭔 말 하믄 진득하니 잔 들어라! 당산 말하믄 홍삼 말하고 자빠져 있지 말고."

미애는 내게 벌침을 놓듯 그렇게 쩔렀다.

"채팅인가 지랄인가 그 짓 그만해라. 그 사람이 니 맘을 겁나게 시끄럽게 하는 것 같구마는. 덩달아서 내 맘도 성가시게 될 것 같고. 민우 아빠한테 걸리믄 빼딱도 못 치린다아!"

미애의 진지함이 정말로 나를 불안하게 해서 가볍게 협박을 해뒀다.

"그 인간이 내가 뭣을 하는지나 안디야? 잘난 주먹이나 휘두를 줄 알제! 젊어서 고생은 사서라도 한다는 말이 농사하고는 상관없는 말 같지 않냐? 이케 각단 읎는 시상살이하고는 놈이다 그 말씀이다."

미애는 쓸데없이 고춧잎을 톡톡 따면서 지껄였다.

미애와 내가 만나게 된 것은 남편과 내가 서울 생활에서 밀려나 이곳으로 내려온 직후였다. 남편은 다니던 공장에서 절단기에 손가락을 두 개나 잘렸다. 산업재해 보상금을 받으려고 1년이 넘게 소송만 하다가 사장이 자살을 하는 통에 땡전한 푼 받지 못했다. 서울 생활에 넌덜머리가 난 우리가 선택할 수 있는 것이라고는 친정어머니마저 돌아가시고 없는 이곳으로 기어 들어오는 일밖에 없었다.

우리 내외가 이곳에 자리를 잡아보려고 답사차 내려왔을 때 창선의 아내인 미애를 처음 봤는데 미애와 나는 한눈에 반

하고 말았다. 한마디로 입맛이 맞았다. 김치에 멸치젓갈을 많이 넣어야 제맛으로 느낀다든지 하다못해 영화배우 한석규나 강수연을 좋아하는 취향도 그랬고, 길 가다가 보이는 풀마다 뜯어 냄새를 맡아보며 그 향기가 제각각 다른 것에 신기해하는 것까지 비슷했다. 살면서 이렇듯 자잘한 입맛까지 비슷한 만남을 가질 수 있다는 것은 그야말로 드문 일이었다.

다른 점이 있다면 미애의 체구는 아담했고 나는 덩치가 소만 하다는 말을 들을 만큼 우람했다. 힘센 여자를 동경하던 미애는 내 체격을 부러워했고 나는 또 매사에 꼼꼼해 보이는 미애의 매무새에서 내 부족한 부분이 채워지는 것 같았다.

서울 살림을 정리하고 우리가 내려왔을 때, 미애와 창선이 흉가나 다름없던 친정집을 수리까지 해놓고 맞아주었다. 창선은 어릴 적 소꿉친구에 대한 의리를 앞장세웠고 미애는 창선이라는 징검다리가 필요 없는 나와의 우정을 예감했는지 무척이나 들떴었다고 했다. 서울 생활에서 이리저리 치이기만 했던 우리 내외는 처음으로 든든한 울타리 안으로 들어간 것 같았다.

모든 식물은 잎사귀가 커가는 만큼 뿌리도 비례하여 흙에서 영역을 넓혀간다고, 비가 오면 배추는 빗방울에 튀어 올라오는 흙을 피하려고 치마를 들어 올리듯 그렇게 잎을 오므린다고, 사람이 먹을 것을 찾아 몸을 움직이듯 식물의 잎도 햇빛을 따라 방향을 틀어간다고 미애는 아주 찬찬하게 우리 내외를 가르쳤다.

비 오는 날에 심심풀이로 컴퓨터에서 화투 놀이를 하면서부터 미애는 변하기 시작했다. 컴퓨터에 나타난 전화선 너머 남자와의 만남을 통해서 농사 외의 다른 세계를 봤다고 했다.

가꿔놓은 농사와 함께 밟히기만 했던 지난날은 놔두더라도 빚더미에 눌려 숨이 막힐 것 같다고, 금방이라도 뒷덜미를 잡혀서 내동댕이쳐질 것같이 조마조마하기만 한 일상에서 도망치고 싶다고도 했다. 땡볕에 고추 따며 사는 고달픔만큼 덤으로 따라오는 억울함을 견딜 수가 없어서, 배 터지게 애쓴 만큼 빚만 늘어나는 농사에서 발을 빼고 다른 것을 해보자고 창선한테 말했다가, 허파에 바람 들어서 쓸데없는 소리나 지껄이는 주둥이는 맞아야 정신 차린다며 입을 주먹질당했다고 했다.

미애는 없는 틈을 만들어서라도 컴퓨터 앞에 앉아 농사짓지 않는 사람들의 세계를 탐험했다. 영락없이 남편 모르게 연정을 키우는 모습이었다. 그 모습이 창선의 눈에 걸려들어 여지없이 주먹질을 당했고 그일이 울고 싶은데 뺨 맞은 격이 되어 미애는 집을 나가버렸다.

며칠 동안은 미애가 곧 들어오리라 생각했고 한편으로는 미애한테 서운했다. 서방 주먹이 겁나서 도망을 치려면 내 집으로 왔어야 했다. 달리 생각해보면 허구한 날 남편의 주먹질을 피해 달아난 곳이 내 집이다 보니 나한테 미안하기도 하고 자존심도 편하지 않았으리라. 미애는 달포가 지나도록 돌아오지 않았다. 자신이 전화했다고 창선한테 알리면 그마저도 하지 않겠다고 엄포를 놨다.

늪에서 빠져나오고 싶은 미애의 행동을 이해할 수 있었다. 자신보다 약한 사람한테만 화풀이를 하는 창선이 한심하기도 했다. 그러다가 농사에 진절머리가 나기도 하고 조심성 없이 손가락이나 잘려서 이곳까지 내려오게 한 남편이 무능하고 하찮게 보였다. 이래저래 마음 둘 곳이 없어졌다.

창선을 생각하면 미애가 식당에서 일하고 있다는 사실을 알려줘야 할 것 같고 미애 입장에서 보면 이곳에서 내뺀 것이 차라리 더 나아 보였다. 나도 발 빼고 싶은 이 징그런 농사를, 송충이는 솔잎 먹고 살아야 한다고 설득한다는 것이 우스웠다. 달리 찾을 방법이 없어서 아이들을 들먹이며 돌아와야 한다고 내가 눈물 바람으로 달래보았지만 미애는 막무가내였다. 더 이상 손해 보는 짓은 그만하겠다고 했다. 오히려 나한테 농사 규모를 줄이고 식당 일을 해보라고 했다. 최소한 빚은 지지 않는다는 한마디가 내 큰 몸을 뒤흔들었다.

그러나 정부에서 빌린 돈으로 장만한 땅, 8년 동안 돌을 주워내며 겨우 곡식이 영그는 밭으로 만들어놓은 땅은 어찌할 것이며 빚은 어떻게 감당한단 말인가. 그 땅 덕에 빚은 늘기만 했다. 해빙기를 맞은 저수지의 얼음판 위에 서 있는 꼴이었다.

건조기에서 24시간 말린 고추를 꺼내 햇빛에 사나흘 더 말리려고 마당에 널어놓고 고추를 골랐다. 나 혼자서 입도 귀도 닫고 있으려니 머릿속에서는 꽹과리 소리가 나다가 매미 소리가 겹치기도 하고 기름 없이 돌던 건조기에서 비상벨 울리는 소리가 들리는 것 같기도 했다.

기철네가 품앗이로 밭을 같이 매자고 했지만 상인이 고추를 보러 온다고 하니 고추를 선별해야 한다고 둘러댔다. 동네 사람들은 모이기만 하면 미애를 등장시켰다. 남의 말은 사흘이 가지 않는다는데 석 달 열흘을 하고도 지치지 않는 인사들이다. 누구도 상대하기 싫었다. 혼자 있다 보니 헝클어진 생각들이 빙빙 돌면서 몸뚱이마저도 어디에 둬야할지 갈피를 잡지 못했다. 물결이 이는 대로 이리저리 쏠리는 갈파래가 따로 없었다. 결국 선별하던 고추도 내팽개치고 텃밭으로 가 대파 사이에 끼여 세력을 키우고 있는 바랭이를 뽑아냈다. 드센 바랭이는 마디마다 뿌리를 박은 채 나를 이겨보겠다는 듯 버텼다.

"이모오! 이모오!"

하찮은 풀까지 내 속을 뒤집는다 싶어서 오기를 다잡고 바랭이와 실랑이를 하고 있는데 미애의 큰아들 민우가 현관문을 밀치면서 다급하게 나를 불렀다.

"민우야아! 나 여그 있다아."

내 대답이 끝나기도 전에 민우는 내 앞으로 달려들더니 도랑물 같은 눈물을 쏟아냈다.

"아빠가, 아빠가…."

"느그 아빠가 어쨌는데에?"

나는, 민우가 잡아끄는 대로 같이 뛰면서 물었다.

"아빠가 고추를 태워요."

"염병할 노옴! 지랄도 골고루 하는구마이."

나는 아이를 옆에 두고 제 아빠 욕을 할 수가 없어서 민우에게 들리지 않게 중얼거렸다.

얼추 봐도 이백 근이 넘는 고추를 쌓아놓고 창선은 신문지 뭉치에 불을 덧붙이는 중이었다.

"워매 워매에! 이것이, 이것이 뭐언 염병이냐아. 워매 워매애!"

나는 창선한테 소리치면서 우선 신문지 뭉치부터 한쪽으로 밀치고 눈에 들어오는 빗자루를 집어서 연기를 내쏘고 있는 고추 더미를 때리기 시작했다.

"간섭 말어야!"

창선이 나를 밀치면서 소리쳤다.

"썩을 놈아, 뭣 났다고 내가 너를 간섭하겠나야! 품삯 못 받을 것 같은께 이 고추 내가 가져갈라고 그란다. 니놈이나 이 고추에 손대지 말어야, 내 품삯인께. 놔둬야아 놔둬어!"

"아빠아, 아빠! 그라지 마아. 이모 울 아빠 잠 말려줘어. 이 히잉잉."

민우가 창선의 다리를 잡고 매달리자 창선이 다리를 거칠게 빼냈다. 그러자 민우는 그 자리에 발랑 엎어졌다가 다시 일어나 옷자락이라도 붙잡아보려고 창선을 따라 쥐약 먹은 개처럼 이리저리 뛰었다. 그 모양을 본 내 눈에 불이 확 일었다.

"이놈아, 고추를 태울라믄 청와대 앞에 가서 태워야제 어린 새끼 앞에서 태우고 자빠졌냐! 이 간장 종지만도 못한 놈아. 못난 것들이 각시나 패고 살림 부수고 밖에 나가서는 입 뻥긋도 못 하는 주제들이여. 니놈이 따악 그짝이여 이놈아."

"그래애. 나 못난 것 인자사 알았냐! 못났은께 각시도 내빼 불고 똥값 되는 고추나 심고 자빠졌제, 어짜겄냐. 그랑께 너 는 신경 쓰지 말고 가불어야. 가불어어!"

창선이 지껄이면서 나를 밀쳤다. 창선은 고추 상인한테 쓰 고 싶던 힘을 내게 쓰는지 나는 벌렁 자빠지고 말았다. 고추, 고추를 한 개라도 건져야 한다는 생각밖에 없었다.

"그래, 나까장 쳐라 쳐. 고추 시세가 없는 것이 각시 탓이라 고 그렇게도 주먹질이냐, 이 머저리 같은 놈아. 농사짓고 사 는 것이 너만 팍팍한 줄 아냐? 지 속 타는 것만 아프고 지 각 시 속이 숯댕이 된 것도 모르는 무식한 놈아, 무식해서 불쌍 한 놈아아. 니가 지대로 된 놈이라믄 니 집구석에서 고추를 태울 것이 아니라 잘난 정치한답시고 사기만 치는 놈덜 앞에 가서 태워야 맞는 것이여. 이, 이놈⋯."

처음 얼마동안은 이렇게 소리치면서 창선을 말렸지만 나중 에는 기운이 달려서 말도 못 하고 밀치고 당기기만 했다. 더 구나 고추 무더기에서 나는 앙칼지게 매운 연기가 눈과 코뿐 만 아니라 목젖까지 톡톡 쩔렀다.

더 이상 창선의 기운을 당할 수가 없어서 자빠진 채 가쁜 숨만 몰아쉬고 있는데 민우가 고무 통에 있던 물을 바가지로 퍼서 고추에 뿌리고 있었다. 그런 민우를 보자 전류가 명치끝에 닿는가 싶더니 온몸에 몸서리가 쳐졌다. 나는 용수철처럼 튕겨 고무 통 앞으로 달렸다. 민우처럼 물을 퍼서 매운 내를 뿜어대는 연기 너머 고추 더미에 뿌렸다. 그러자 모양새가 바뀌어 창선은 내가 쥔 물통을 뺏으려고 콧바람을 씩씩 불었고 나는 창선의 손아귀에서 벗어나려고 버둥대느라 둘의 얇은 옷은 거의 찢어지고 러닝 바람이 되어 있었다. 둘이 가쁜 숨을 몰아쉬면서 힘겨루기를 하고 있는 새에도 민우는 물 퍼붓기를 계속했다. 민우가 다람쥐처럼 뛰어다니며 물을 퍼부어서 불이 잦아들었는지 매운 연기가 힘없이 옆으로 퍼져나갔다.

'저 어린 속에 뭣이 들어앉았길래 고추가 아간 것을 어찌케 알았을꼬! 농부 자식은 부모 설움을 먹고 커서 그런가?'

여덟 살 어린애가 금세 스무 살 청년이 된 것처럼 의젓하게 울지도 않고 혼자서 불을 다 껐다.

창선과 나는 매운 연기를 핑계 삼아 아무런 간섭도 받지 않고 날선 감정이 다소곳해질 때까지 눈물을 훔쳐낼 수 있었다.

"새끼한테 참말로 존 것 갈친다. 애비는 불 지르고 어린 새끼는 끄고, 신문에 낼 일이다."

창선은 주저앉은 채로 묵묵부답 땅만 째려보고 있었다. 나는 찢어진 옷을 대충 여며서 앞을 가리고 일어났다.

고추를 태울라믄 기름을 퍼붓어야제 선찬한 종이 쪼가리로 뭔 불이 되겠냐,라는 말을, 민우 때문에 밖으로 내지는 못했다.

"느그 아빠가 어질러논 것은 느그 아빠 혼자 깨끗이 치운다고 한께 우리는 가서 목욕이나 하자."

나는 창선의 뒤통수에다 침 뱉듯이 말하고 민우 손을 잡고 집으로 와버렸다.

모르긴 해도 창선네 고추를 보러 온 상인이 늘 하던 대로 값 떠는 소리를 했을 것이다. 너무 높은 온도에서 고추를 말렸다느니 선별이 잘 안됐다느니 트집을 잡아 그나마 낮은 고추 시세를 더 떨어서 헐값을 불렀을 터. 이에 창선은 부아가 치밀어서 태워버리는 한이 있더라도 그 시세에는 안 판다고 큰소리 탕탕 쳤으리라. 상인을 보내고 난 다음에 고추를 들여다보고 있자니 속이 뒤집혔을 것이고 진짜로 태워버리고 싶었으리라. 그랬을 것이었다. 보지 않아도 내 눈에 훤히 그려지는 그림이다. 그런 심정이 어디 창선이뿐이겠는가.

이미 말린 고추가 물에 젖으면 희나리가 되어버린다는 사실을, 민우를 씻기면서야 생각이 났다. 불에 타든 물에 젖든 아무짝에도 쓸모없기는 마찬가지였다. 그런데도 그때는 물을 퍼서 불을 끌 생각만 했었다.

"그라암, 어짜든지 불은 껐어야제. 썩을 놈이 초가삼간까지 태우고 잤었으면 어쩔 뻔했어…. 민우야, 아빠한테 민석이 데리고 저녁밥 잡수러 오시라고 해라."

나는 민우를 씻긴 후, 아빠를 꼭 데리고 와야 한다고 신신당부해서 내보냈다.

오늘은 창선한테 미애 소식을 알릴 참이었다.

백조의
호수

내가 동네 입구에 들어서자 개 한 마리가 짖기 시작하더니 온 동네 개가 따라 짖어댔다.

염병할 놈의 개새끼들! 의도적으로 고개를 꼿꼿하게 세워도 발뒤꿈치는 거의 반사적으로 들게 되는데 그놈의 개새끼들이 짖어대는 소리 때문이었다. 내가 내 집으로 들어가는데 개새끼들이 왜 지랄발광을 하면서 동네 사람들한테 경계 태세를 갖추라는 경보를 알리냐 말이다.

환한 기운이 어둠을 먹어가는 새벽의 끝자락에서 아침이 시작되고 있었다. 동네 한가운데 있는 버스 정류장에는 한 무더기의 사람들이 웅크리고 있었다. 30분만 일찍 서둘렀어도 그 떼거리 눈에 띄지 않을 수 있었을 텐데 이미 엎질러진 물이다. 내가 그들에게 얼굴을 보이지 않아도 자동차 불빛이 동네 모퉁이를 돌아가는 것만으로 동네 사람들은 내가 내 집으로 들어가고 있다는 사실을 안다. 자동차 불빛을 보자마자 굽혀 있던 그들의 등허리는 곧추세워지며 눈에 생기까지 돌 것이다.

"갑기 각시가 밤새 사업하다가 인자 들어오는갑네!"

누군가 이렇게 혓바닥을 놀리면 20여 개가 넘는 카메라들이 일시에 나를 향해 눈알을 굴릴 것이다. 내가 곧바로 이불 속으로 들어가는지 아니면 몇 분 동안 세수를 하다가 잠자리에 드는지 내 집 현관에서 새 나가는 불빛으로 가늠할 테고. 그 무리에 끼어 있을 시누이는 다른 사람들보다 더 오랫동안 내 집 현관의 불빛을 쏘아보고 있으리라.

"썩을 년!"

시누이는 다른 사람들이 듣지 않게 그렇게 내뱉었을 것이다.

"나만 썩는 것이 아니고 그렇게 말하는 성님도 썩겠지라!"

다른 사람들의 귀에는 들리지 않은 욕지거리가 내 귀에는 아주 또렷하게 들려와서 그렇게 대꾸를 해줬다.

그 사람들은 이제 새벽의 찬기를 잊고 봉고차를 기다리는 시간이 더 이상 지루하지도 않을 것이다. 왜냐하면 내 과거와 현재를 되새김질하는 것만으로도 그들은 활기를 찾은 셈이니까. 봉고차가 도착해서 그들을 태우는 와중에도 또 봉고차 안에서도 그들은 이빨에 땀이 나도록 나를 조리돌리느라고 기운이 넘칠 것이다. 똥내 맡은 식전 개 꼴들이라니!

자동차 불빛에 비친 그들을 발견한 순간 내 머릿속에서는 김이 모락모락 피어오르기 시작했다. 그들의 호기심을 싹둑 잘라낼 심산으로 집 안으로 들어오면서 현관 불을 켜지 않고 곧바로 이불 속으로 들어가버렸다. 동네 입구에 들어서기까지만 해도 눈꺼풀이 내려앉아서 눕자마자 곯아떨어질 것 같았는데 그들 때문에 잠까지 뺏기고 말았다.

너무 많이 잃었다. 아무래도 김 사장 그놈이 손장난을 치는 것 같은데 증거를 잡지 못했다. 도리어 김 사장 그놈의 손을 감시하느라 내 패에 신경을 쓰지 못했다. 김 사장 그놈 꼬리가 긴 것은 확실한데 물증이 없다. 아니 못 잡은 것이다. 조만간 놈의 꼬리를 밟고야 말 것이다. 그러나 아직 잠은 오지 않는다.

그나저나 어서 빨리 이 코딱지만 한 둥지를 뜨고 싶다. 이 동네 모퉁이만 벗어나면 가슴이 쫙 펴지는데 하찮은 동네 옆구리만 들어오면 사지가 오그라드는 게 환장할 노릇이다. 사돈이 전답 사면 배 아픈 종자들과 좋지 않은 일은 조상 탓으로 돌리는 종지 같은 것들 때문이다.

"내가 즈그들 밥그릇을 가로챈 것도 아니고… 왜 배추 시세를 내가 낮춘다고 염병들이여! 내 재주 내가 펼치면서 산다는데 왜 자꾸 고춧가루를 뿌리고 싶어서 안달이냐고."

내 흉은 남이 보고 남 흉은 내가 본다지만 그들은 나를 밥상 위에 올라앉은 구더기 보듯 했고 나 또한 그들을 무시하며 살아왔다. 똥개는 짖어도 기차는 가는 법이니까.

요즘같이 돈이 돈을 버는 세상에서 돈만 있으면 처녀 불알을 파는 가게도 차릴 수 있고, 돈만 있으면 강아지 새끼도 멍 영감 멍 사장일 수 있는데 뭔 짓을 못하겠는가. 사실 즈그들도 돈이라면 사족을 못 쓰기 때문에 일거리 찾아서 눈을 부라리며 이 꼭두새벽에 단잠 못 자고 밥 한 덩이 허리춤에 꿰고 해남으로 무안으로 날품을 팔러 다니지 않냐 말이여. 물론 병아리를 키워서 돼지 새끼 사고 그 돼지 새끼를 키워서 송아지 살 수도 있겠지만 공자 시대도 아니고 요즘 같은 디지털 시대에는 그렇게 돈이 모아지는 것은 아니제. 아믄!

시대가 변하면 노래도 달라지는데, 지금이 어떤 시대인지도 모르는 것들이 몸뚱이 굴려서 돈을 벌겠다고 꼴값 떠는 것이제. 몸뚱이 갖고 돈 버는 시대가 초저녁에 지나갔으면 머리를 써야제, 머리를. 내가 화투판에서 돈을 따든 잃든 자기들이 보태주는 것 없고 내가 배추 장수 따라다니면서 소개비를 받아 자동차를 사든 화장품을 사든 뭔 상관을 하냐 말이여.

문서 없는 상전이라더니 동네 사람들 하나하나가 다 내 상전 노릇을 하려 들었다. 그 같잖은 꼴들이라니.

전화기가 먼발치서 울리는 것 같다가 점점 가까이 오더니 머리맡에서 아주 시끄러웠다. 집에는 아무도 없는 모양이다.

"여태 자냐?"

언챙이였다. 이곳이 친정이고 동네에 사는 시누이 친구인데 내게 하는 짓마다 밉상이다.

"성님이 뭔 일이요?"

언챙이는 내가 흘리는 떡고물을 주워 먹으려고 늘 내 주변을 서성거렸는데, 내게 언챙이는 동네 밖에 설치된 시누이의 이동식카메라였다. 내가 하룻밤 화투판에서 300만 원을 땄는지 250만 원을 잃었는지를 동네에 있는 시누이가 시시콜콜 다 아는 데는 언챙이가 날라다 준 주전부리 덕택이었다. 어쩔 때는 내가 쥐고 있는 떡에다 눈독을 들이기까지 해서 가까이 하기에는 너무 먼 당신이었다.

"싸우나나 같이 가자. 내가 쏠란다."

전화기 너머 언챙이는 감각이 둔한 코를 벌름거리면서 내게서 냄새를 찾겠다고 킁킁대는 꼴이었다.

"담에 갑시다. 오늘은 몸뚱이가 천근만근이오."

언챙이가 시누이 귀에 대고 군입가심을 흘리더라도 가려서 하게 하려면 무 밑동 자르듯 하면 안 되었다. 물론 시누이가 무섭다기보다는 조심해서 손해 볼 것은 없기 때문이다. 비는 가늘어도 옷을 적시고 말은 적어도 급소를 찌른다고 하지 않던가. 시누이는 이렇다 저렇다 긴말 늘어놓은 적은 없지만 가끔씩 내 눈에다 박아놓는 눈총이 손윗사람의 무게가 느껴지게 했다.

11시 25분이었다. 잠깐 선잠을 잔 것 같은데 하루의 절반이 나를 깔고 지나가고 있었다. 언챙이가 내 주변에다 돗자리를 깔려고 덤벼드는 까닭은 깜 사장이 내려왔음을 감지했음이다. 언챙이는 하이에나다. 가시에 온몸을 찔려가면서 사냥해 놓은 노루를 중간에서 가로챌 기회를 엿보는. 그 기회를 놓치면 내가 고기를 다 먹을 때까지 기다렸다가 주변에 떨어져 흙에 버무려진 살점을 게걸스럽게 삼키곤 했다.

지금쯤 언챙이는 깜 사장이 나타날 길목을 지키고 있을 텐데 밥솥에 밥은 해놓고 나가야 한다. 이럴 때 남편이 밥이라도 해놓았으면 내가 바로 나갈 수 있으련만. 아참! 내가 밥을 해놓아야 하는 이유는 한량이나 다름없는 남편을 위한 수고가 아니라 알토란 같은 내 새끼 우석이를 위해서다.

맏이 우연이는 실업계 고등학교 졸업반이라서 서울로 취업을 나갔고 우석이는 고등학교 1학년이다. 우연이는 집안 사정을 제가 미리 알아서 대학을 포기하고 스스로 앞길을 찾아나섰다. 부모가 자식의 반팔자라는데 우연이한테 바람막이가 되어주지 못한 것이 늘 걸렸다. 그래서 더더욱 우석이한테는 반팔자를 제대로 만들어줘야 했다. 다행히도 우석이는 학교에서 배운 대로 1차 산업인 농업이 사회 발전단계에서 도태되는 것을 이해했고 나의 선택 또한 이해하는 것 같았다. 길을 막고 있던 큰 걸림돌은 치운 것이나 다름없었다. 동네 사람들이 시답지 않게 수군대는 자잘한 장애물은 큰 목표 앞에서 살랑대는 하늬바람에 불과했다.

싱크대에는 라면을 끓여 먹은 그릇이 내팽개쳐져 있고 어제 해놓고 나간 밥솥의 밥은 군내를 풍기고 있었다. 쌀은 다시 안쳐놨지만 국거리가 없다. 아들은 콩나물김칫국을 좋아하는데 콩나물이 없다. 참치 넣고 김치찌개나 해놓을까 싶었는데 참치도 없다. 아들은 깡통에 든 참치를 통째로 놓고 밥을 먹곤 했다. 참치는 사다 놓기가 바쁘다. 하는 수 없이 냉동실을 뒤져서 갈치조림을 했다. 갈치조림은 남편이 즐기는 반찬이다. 남편을 염두에 두지 않았는데 남편을 위한 밥상이 되고 말았다.

그 여편네한테 또 속은 것 같다. 전에 쓰던 파운데이션 보다 3배나 더 되는 가격을 쳐줬는데 돌가루는 살갗으로 먹어들지 않고 뭉쳐 있기만 했다. 파운데이션을 펴서 바르는 데 10분이나 걸렸다. 눈 밝은 여자들 눈에는 거슬리겠지만 시간이 없다. 깜 사장을 기다리게 해서도 안 되거니와 하이에나에게 먹잇감을 뺏겨서는 더더욱 안 되는 일이다.

작년에 장만한 나의 애마 무쏘는 힘 좋은 남자 그 자체다. 겉모양은 양복 입은 씨름 선수 같은데 승차감은 사려 깊은 여자다. 재작년까지 타고 다녔던 화물차는 시동 거는 데 5분 이상이 걸리곤 했다. 출발부터 꼬인 인생을 실감케 했다. 그때는 삶의 질을 따로 생각해본 적이 없었다. 눈뜨면 밭으로 달리고 해가 지면 흙투성이인 채로 차에 올랐다. 온몸이 흙투성이였고 생활이 흙 천지였다. 외출복이라는 개념 자체가 없었다. 흙 묻은 옷을 벗고 이부자리에 들어가면 잠옷이었고 빨아서 읍에 나갈 때 입으면 외출복이 되었으며 다시 그 옷을 입고 밭으로 나가면 작업복이었다. 그러니까 작업복에 흙이 묻지 않았으면 잠옷이었고 외출복이었다. 화물차는 안팎이 언제나 흙투성이였다.

지금의 애마는 항상 외출 준비를 하고 있는 상태다. 차 문을 열면 유자 향이 상큼하고 그윽하게 반겨준다. 시동을 걸고 버튼을 바꿔 누를 때마다 음색을 달리한 음악이 유자 향과 같이 나를 에워싼다. 요즘은 고전음악을 자주 듣는다. 아직 뭐가 뭔지는 모르겠지만 사람 맘을 차분하게 해주는 것은 확실하다. 솔직하게 말해서 다른 것은 몰라도 〈백조의 호수〉만큼은 알 것 같다. 잔잔한 호수에 우아하게 떠 있는 백조가 자연의 일부이기도 하고 전체적인 조화를 이루는 모습이 만족한 인생을 보는 듯하다. 물론 백조도 물속에서는 부지런히 물 갈퀴질을 해야 멋진 폼이 나온다는 것쯤은 안다. 그래야 맞다. 그러니까 흙이며 퇴비를 뒤집어쓰며 일할 때 외에는 물 위에 떠 있는 백조 같은 모양이 나와야 하지 않는가 말이다.

그러나 유자 향 은은한 자동차 안에서 밖을 보면 쪼그리고 앉아 배추를 도려내는 아낙네들이 보인다. 3kg이 넘는 배추를 하루 종일 도려내 그물망에 담고 또 트럭에 올리고 있다. 대파를 뽑는 일은 또 얼마나 고된가. 허리를 구부린 채로 엎드려서 대파를 하루 종일 뽑다 보면 손목이 시리다 못해 퉁퉁 부어서 집에 돌아온다. 그리고 다음 날은 손이 부어서 주먹이 쥐어지지 않는 손가락을 주무르면서 들로 나간다. 그렇게 애를 쓴들 불어나는 농협 이자는 그녀들의 품삯보다 몇 곱절이었다. 결국 그녀들은 물 위에 그림같이 떠 있는 백조 같은 모양을 만들어낼 수 없다. 결코.

나도 몇 년 전까지 저 아낙네들처럼 살았다. 그때의 아득함이라니. 머리를 처 박고 흙만 들여다보다가 고개를 들어 하늘을 올려다보는 것은 날씨를 가늠하기 위함이었지 산 너머 다른 세상이 궁금해서가 아니었다.

우연히 대파 수집상한테 동네 대파 소개비로 10만 원을 받은 것을 계기로 중간상인을 하게 됐다. 대파 주인과 상인이 홍정할 때 상인의 편에 서서 양념을 아주 조금 넣어줬더니 손에 흙 한 점 묻히지 않고 10만 원이란 돈이 가뿐하게 내 손에 쥐어졌다. 3일 동안 주인 눈치 봐가면서 허리춤을 펴는 들일을 해야 손에 쥘 수 있는 금액이었다. 나는 그때 처음 세상으로 향하는 문을 발견한 셈이었다. 지금은, 농사는 남편이 소일거리 정도나 하고 있고 나는 배추나 대파를 사서 다른 상인한테 팔기도 하고 규모가 큰 것은 소개를 한다.

사거리 다방 안에서는 여전히 뽕짝이 거기 앉은 사람들과 어울리게 시끄럽게 들렸다. 음악만 잔잔한 경음악으로 바꿔도 격이 달라질 수 있다는 것을 여기 드나드는 사람 아무도 모르는 모양이다.

언챙이와 다방 마담은 설익은 요망 익은 요망 다 떨어가면서 깜 사장의 기분을 돋워주고 싶은데 잘 안되었는지 내가 나타나자 거의 반색을 했다.

"워매 워매, 감 사장님 양귀비가 인자사 납시네에."

깜 사장이 내게 호의적인 것을 잘 아는 언쳉이는 나와 깜 사장을 야릇하게 묶는 시늉을 했다.

"먼저 오셨네요?"

나는 서울에서 살아본 경험을 십분 활용해서 사투리 억양을 완전히 씻어낸 표준말로 깜 사장한테 인사를 했다.

"미세스 장은 볼 때마다 피는 꽃입니다."

신경 써서 차려입은 나의 옷차림을, 쉴 새 없이 눈을 깜빡이며 위아래로 훑던 깜 사장의 눈빛이 가슴께에 잠시 머물더니 인사치레를 했다. 나는 그놈의 미세스 장이라는 호칭 좀 고친다면 깜 사장의 깜빡이는 시선을 그런 대로 참을 수 있을지 모르겠다는 생각을 얼른 접었다.

깜 사장은 꽃무늬나 레이스가 장식된 블라우스보다는 속살을 덮는 듯하면서 선이 그려지는 옷차림을 더 높게 쳐주는 사람이었다. 언쳉이가 도무지 짐작이나 할 수 있을지. 코맹맹이 소리로 남자의 환심을 얻으려는 언쳉이는 헛물만 켰다. 코맹맹이 소리나 애교는 때와 장소에 따라 적절하게 배합을 잘해야 함을 모른 채 남발하는 주책을 부리곤 했다. 언쳉이의 대책 없는 주변머리는 다른 무기를 만들어낼 재간이 없어서일 것이다.

"음마아! 서울 압구정 패션인가비네에."

손 마담은 깜 사장의 눈이 잠시 내게 고정되어 있던 것에 공감을 보이고 싶었는지 나와 깜 사장을 번갈아 보면서 추임 새를 넣었다.

나는 그들의 너스레에 대꾸하지 않는 것으로 스스로의 격을 높였다. 만약 내가 그들의 과장에 감사하다는 둥 진짜 예쁘냐는 둥의 반응을 보인다는 것은 애써서 살려낸 선을 구기는 짓이었다.

설탕과 프림을 잔뜩 넣은 커피를 마시면서 언챙이는 자신이 협상 중인 배추밭 몇 군데를 구구절절 길게 늘여서 깜 사장 앞에 내놓았다. 그러나 나는 아무 말도 하지 않고 깜 사장쪽에서 물어오길 기다리고 있었다. 그냥 기다리는 것이 아니라 더 멀리 뛰기 위해 숨을 고르고 있는 개구리의 준비 단계이고 깜 사장이 고르고 있는 물건이 무엇인지를 파악하는 탐색이기도 했다. 그러다가 찾는 것이 이거 아니었냐고 지나가는 말처럼 한마디 툭 던진다. 이때 긴 설명은 절대 금물이다. 내가 깜 사장의 의중을 충분히 고려해서 골라낸 물건이기 때문에 나의 예상은 맞아떨어질 테고, 지금 한번 보실래요? 하면 그것으로 이미 협상은 된 것이나 마찬가지다.

언챙이의 말을 듣고 있자니 내가 다 짜증이 일 정도였다.

덩치가 크다는 정도가 칠팔백 평이고 나머지는 삼백 평에서 오백 평. 물론 그런 물건들은 당연히 작업 조건이 또 엉망이다. 큰길에 5톤 트럭을 세워놓고 사륜구동 차로 실어다 다시 싣는 이중 작업을 해야 한다. 그렇다면 깜 사장한테 돌아올 이익은 그야말로 몇십만 원이거나 잘해야 본전임을 깜 사장은 단순 암기로 마쳤을 것이다. 그따위를 먹잇감이라고 내놓는 언챙이의 아둔함이라니. 그런 물건을 내보이려니 긴 설명은 싸구려 포장지에 불과하다. 깜 사장은 애초에 언챙이한테서는 기대조차 하지 않은 눈치였다.

"미세스 장이 보신 것 어떻습니까?"

깜 사장은 언챙이가 펼쳐놓은 물건에 대해서는 가타부타 대꾸가 없었다. 그러더니 그냥 지나가는 말처럼 내게 물었다.

"서남쪽에 있는 이천오백 평은 된서리가 오지 않은 이상 아침 해를 일찍 볼 수 있기 때문에 작업 인부들이 쓸데없이 시간을 죽이는 일은 없을 거예요. 천삼백 평은 두 자리로 나누어져 있는데 차는 한 곳에 세워놓고 작업할 수 있어요. 청이 최상급이 아니라는 결점이 좀 있네요."

상대에게 나의 장점과 작은 단점을 같이 보임으로써 인간적인 신뢰감까지 얻을 수 있음을, 나는 일찍이 터득한 바였다. 더구나 배추 신선도의 판단 기준이랄 수 있는 청이라는 것도 지금의 깜 사장에게는 그다지 중요한 시기가 아님을 감안해서 내가 보여준 흠이었다. 한 달 뒤에 도려낼 배추라면 큰 흠이 되겠지만 깜 사장한테 필요한 기준은 지금 도려내는 배추였다. 깜 사장의 의중을 짐작했지만 짐짓 모르는 것처럼 말했다.

돈이 많은 사람일수록 푼돈 새 나가는 구멍에 민감한 법이다. 깜 사장이 차떼기 인부를 쓰지 않고 날품 파는 인부를 활용한다는 사실이 그랬다. 새벽에 언 배추가 녹을 때까지 인부들이 불을 쬐면서 시간을 죽이는 일은 깜 사장의 손실이다. 그러니까 깜 사장이 보여주는 좀팽이의 본모습은 쫀쫀함이 아니고 치밀함이다. 깜 사장의 많은 돈은 눈먼 돈을 우연히 주운 것이 아니고 눈뜬 돈을 잘 유인한 결과물이었다.

깜 사장은, 나의 젊음을 좋아한 것이 아니라 자신의 심리를 잘 읽고 더 많은 이윤을 챙겨주는 나의 영악함을 좋아한 것이다. 깜 사장은 관례에 따라 주는 소개비 외에 별도의 봉투 하나를 주곤 했다. 소개비에 얼마를 더 얹어서 주는 것이 아니라 웃돈임을 분명히 드러내듯 다른 봉투를 준비하는 것이다. 늘 정신없이 깜빡이는 시선과는 다른 면밀함이 나를 놀라게 했다.

내가 누구한테 그런 사실을 말한 적은 없지만 깜 사장이 나한테는 웃돈을 준다는 것을 알게 된 언쳉이는 그 비결을 알고 싶어서 애가 닳았다. 설령 내가 큰맘 먹고 언쳉이한테 그 방법을 일러준다고 해도 언쳉이가 그 수단을 써먹을 수 있을지는 미지수다. 언쳉이는 농사를 계속 지으면서 다른 여자들이 들에서 언 손 녹여가며 배추 작업, 대파 작업 할 때 자신은 좀 더 편하게 그만큼의 푼돈을 벌고자 했다. 농사를 줄여가다가 종래에는 농사를 아예 접고 이 길로 가고자 하는 나와는 애초부터 방향이 달랐다. 무엇보다도 깜 사장 주머니에서 돈을 우려내려면 깜 사장의 입장에서 생각하고 판단해야지, 농사꾼 편에 서서 한 푼이라도 더 받게 해주려는 언쳉이가 깜 사장의 눈에 들 리 만무하지 않은가 말이다. 그런 터무니없는 발상으로 깜 사장의 꽁무니를 따라다니는 언쳉이는 어쩔 수 없는 촌무지렁이다.

"어느 쪽부터 가볼까요?"

깜 사장은 나와 언쳉이를 번갈아 보면서 물었다.

"이 동숭이 봐둔 것부터 보시제라."

굼벵이도 구르는 재주 정도는 있어서 깜 사장의 의중을 짐작한 언쳉이가 어쩌다 순발력을 발휘했다. 나는 배추밭 주인들에게 연락해 밭에서 만나기로 하고 셋이서 나의 애마에 올랐다.

태풍이 김장 배추를 거의 휩쓸어간 덕분으로 겨울 배추 심을 때는 산지 거래 가격이 평당 만 원까지 치솟았다. 기회를 잡은 농산물 수입업자들은 중국산 배추를 들여오기 시작했고 농사꾼들은 비어 있는 땅 곳곳에 배추를 심었다. 더군다나 9월 말까지 날씨도 협조를 해줘서 물이 고여 있던 논에도 배추를 심을 수가 있었다. 하늘은 인심을 더 써서 10월까지 춥지 않은 늦가을 날씨를 만들어줬다. 예년 같으면 9월 말이나 10월 초에 심으면 결구가 되지 않던 배추까지 배가 댕댕하게 불러서 그야말로 배추가 풍년이었다.

겨울 추위가 일찍 시작된다던 일기예보도 빗나가서 12월까지 겨울 같은 날씨는 오지 않았다. 덕분에 지금의 배추 시세는 평당 삼천 원 선에서 거래가 뜸하게 이루어지고 있었다. 농사꾼들은 연말 전에 농협에 이자를 바쳐야 함에도 불구하고 이전의 기대심리를 가라앉히지 못하고 낮은 시세에 배추를 팔려 하지 않았다. 물론 수집상들도 현지에서 거의 철수를 한 상태였다. 그런데 깜 사장은 배추를 사겠다고 내려온 것이다. 나는 아직 상황 파악을 제대로 할 수가 없었다. 배추 시세와는 상관없이 고정적인 거래처에 배추를 대줘야 한다는 정도만 가늠할 뿐이었다. 그러니 귀만 열어놓고 깜 사장 같은 수집상들이 내뱉는 정보를 꼼꼼하게 주워들을 수밖에.

"깜 사장님, 앞으로 배추 시세가 어찌케 될 것이라?"

내 심정과 비슷한 언챙이가 대신 깜 사장한테 물었다.

"물량이 너무 많아요."

깜 사장은 어정쩡하게 대꾸했다.

"시세가 없을 것이란 말씀이지라아?"

배추 시세가 깜 사장한테 달려 있는 것처럼 언챙이는 깜 사장한테 매달리다시피 다시 물었다.

"중국산 물량과 맞물려 있어요."

깜 사장이 속내를 빙빙 돌리기만 하고 있는 것에 대한 답으로, '썩을 놈아 대한민국 천지에 그것을 모르는 사람이 어디 있냐?' 하는 말이 내 목젖을 타고 올라왔지만 지긋이 밀어 넣었다.

"어야, 동숭! 히타 좀 끄세. 찜질방에 들어온 것 같으네."

언챙이는 속과 겉 모두가 답답한지 외투 단추를 열어젖히면서 말했다. 그러고는 차창 밖으로 고개를 돌렸다.

시절이 겨울이라 겨울 외투들을 입었지만 바깥 날씨는 봄과 다르지 않았다. 도로 주변의 개나리들도 봄인 줄 알고 간혹 꽃망울을 만들어내고 있었다. 대파를 뽑거나 봄동 배추 작업을 하는 모습도 보였다. 고정적인 거래처가 있는 상인들의 물량일 테고 인부들은 상인들한테 날품을 파는 아낙네들일 것이다. 상인과 연결되지 못한 많은 아낙네들은 일감을 찾느라고 한 동네에서도 눈치들이 살벌하게 요동쳤다. 그도 그럴 것이 일을 못 하면 가용돈이 아쉽기도 했거니와 12월에 농사꾼이 집 안에 있어봐야 돈 바치라는 독촉 전화에 시달려야 하는 곤욕이 더 고문이었다. 되도록 바깥으로 나가야 하는 평계가 품삯 일이었다. 남정네들은 동무를 찾아서 소일거리하고 아낙네들은 들일을 찾아 나섰다. 그러나 배추가 거래되지 않으면서 일거리마저 가뭄에 콩 나듯 하고 있었다. 물론 나 같은 중간상인도 갈 곳이 없기는 마찬가지였다. 다방이나 여관에 모여서 화투를 돌리는 것이 나의 요즘 생활이었다. 그러던 중에 깜 사장이 내려온다는 연락을 받았고 흥정할 배추밭을 물색해놓은 터였다.

돈줄을 쥐고 있는 깜 사장은 정보와 자금을 풀지 않았다. 그런데 깜 사장이 기지개를 펴려고 한다. 그 낌새를 가늠하기가 쉽지 않다. 치고 빠지는 시기도 아니고 물량 확보가 급한 상황도 아니다. 현지 동향 파악이 목적이라면 흥정은 가볍게 해야 될 터. 깜 사장이 며칠 동안 고정적인 거래처에 보낼 배추만 살 수 있도록 해주면 된다. 다른 변수는 아직 점치기 어려운 한밤중이다.

미리 연락을 취해놓았던 배추밭 주인은 기다리고 있었다.

그러나 아직 팔아야 할지 말아야 할지 주저하고 있었다. 그러면서도 수집상을 만나려고 하는 데는 며칠 안에 갚지 않으면 가압류가 떨어질, 그런 다급한 처지에 놓여 있음이 확실해 보였다.

깜 사장은 사야 할 물건임을 배추밭 고랑 안쪽으로 들어가는 모습을 보임으로써 내게 암시를 줬다. 이런 상황은 내가 빛을 낼 수도 있고 수집상한테 신용을 잃을 수도 있는 중요한 시점이었다.

"중국산 배추가 시장에 많이 퍼져 있다는 것은 신문에서 보셨죠?"

깜 사장과 언챙이가 배추밭 고랑을 돌아보는 사이에 나는 말라 있는 배추 겉잎을 뜯어 보면서 배추밭 주인을 살짝 건드렸다. 배추밭 주인이 감추고 싶은 부분을 내가 들춰낸 것이다.

"쩔거서 맛이 없다고들 하둥만요."

밭주인은 물렁한 방패를 들이미는 식으로 대꾸를 했다.

"수입 깨가 맛이 있어서 다들 수입 깨를 사는 것은 아니죠. 우리 참깨가 맛이 좋다고 사 먹을 수 있는 사람들은 그야말로 아주 극소수죠. 몸에 좋고 맛이 좋은 것을 골라 먹을 수 있는 사람이 그리 많지 않다는 게 문제죠."

"…."

나의 적극적인 공격에 밭주인은 금세 가당치도 않은 방패를 내려놓고 뒷걸음질했다.

"가격 좋던 초통에 정리했으면 연말이 이렇게 부담스럽지는 않았을 텐데 싶죠?"

나는 방향을 약간 틀어서 밭주인의 절박한 심정을 헤아리기로 했다.

"그렇게 말이요. 올해는 첨으로 빚 좀 갚어보는갑다 싶었지라. 어뜬 사장이 배추 폴라고 사정사정했는데 내가 제일 먼저 폴아불믄 넘의 배추 시세나 올려주는 꼴이 되는 것 같길래 넘들이 하는 양을 봐서 폴란다 하다 본께…."

다들 그랬다. 그리고 여태껏 그래왔다. 먼저 판 사람들이 기준 시세를 만들었다. 나중에 판 사람들은 그 기준에서 더 받으면 받았지 덜 받은 경우는 거의 없었다. 더구나 작년의 경우에는 처음에 판 사람보다 나중에 판 사람이 갑절의 가격을 받고 팔기도 했다. 한파가 일찍 시작된다는 일기예보까지 있다 보니 배추 농사가 흉년일 것이라고 짐작들을 했지만 예상했던 상황들은 다 빗나가고 말았다.

"놓친 고기가 크다고 하지 않던가요. 몸만 건강하면 내년 농사에 희망을 걸어봐야죠. 무엇보다도 우선 발등의 불은 꺼야 하지 않겠어요?"

지난날의 나의 경험들은 밭주인을 이해하고도 남았다.

머뭇거리고 있던 밭주인은 내가 발등의 불을 상기시켜주자 어쩔 수 없는 현실을 받아들인 듯했다. 이제 가벼운 실랑이만 남은 셈이었다.

"저 사장님, 돈이 좀 있는 사람이거든요. 아저씨 사정을 잘 얘기하면 계약금을 충분히 줄 수 있을 거예요. 제가 한번 사정해볼까요?"

지금 당장 목돈이 필요한 밭주인에게 충분한 계약금은 그야말로 확실한 미끼가 된 것 같았다.

"계약금을 얼마나 줄 수 있을 것이라?"

밭주인은 아예 엎드려서 내게 사정하고 싶은 모양이었다. 매 앞에 장사 없고 갚지 못한 빚 앞에서 꺾이지 않을 허리 없는 법이다.

"지금 당장 필요한 게 얼마면 되겠습니까?"

나는 돈줄을 쥐고 있는 사장처럼 고개를 빳빳하게 세우고 밭주인에게 물었다.

"오백만 원은 있어야 되겠는디라."

이제 다 된 셈이었다. 칼자루는 내 손으로 넘어왔고 아프지 않게 목이 베어졌다는 것만 알게 해주면 된다.

"그래도 아저씨. 지금 팔려고 하신 건 잘했네요. 이 배추 한 파 한번 닥치면 다 내려앉는 거 아시죠?"

나는 청년기가 지난 배추 겉잎을 가리키며 번들거리는 칼날 같은 말을 밭주인에게 들이밀었다.

"나락 타작하느라고 물을 덜 줬더니…."

밭주인은 자신의 약점이 작은 실수로 끝나지 않을 수 있다는 나의 지적에 오금이 저린 기색이었다.

"계약금을 많이 주는 대신 이천 원에 합시다. 이 배추는 언제 숨넘어갈지 모르는 고르랑 팔십이에요. 지금 파시는 게 아저씨한테는 정말 다행이라구요. 아시겠지만 싱싱한 배추는 널려 있다구요."

"그라믄 사장님한테 한번 얘기해주실라?"

사는 사람은 싸게 사고, 파는 사람은 싸지 않게 팔았다는 최면술 같은 훌륭한 흥정이 성사된 셈이다.

나는 먼발치에 있는 언챙이를 불렀다. 그것은 언챙이와 같이 있는 깜 사장한테 흥정이 다 끝났음을 알리는 신호였다.

"사장님, 이분이 지금 사정이 좀 급한 모양이에요. 그래서 제가 사장님이 돈이 많다고 자랑을 좀 했더니 사정 좀 봐달라고 하시네요. 대신 이천 원에 파신다는데 어떠세요?"

나는 밭주인이 보는 앞에서 깜 사장한테 애걸하는 투로 말을 했다.

"지금 연말이라 나도 돈이 넉넉한 것은 아니지만 미세스 장이 부탁을 하니 그렇게 하도록 하죠."

나는 앞에서 어르고 깜 사장은 뒤에서 밭주인의 간을 살짝 빼내는 연극을 그럴싸하게 했다.

깜 사장은 다섯 뭉치의 돈 다발을 밭주인에게 건넸다.

깜 사장과 나는 상거래에 있어서 몇 가지 방식이 비슷해서 손발이 비교적 잘 맞았다. 기본적으로, 물건을 파는 사람이 싸지 않게 팔았다는 생각을 갖게 하는 게 중요했다. 촌스러운 방식 같아도 현금이라는 매개체가 큰 역할을 했다. 돈을 받는 입장에서는 같은 금액이라도 얇은 수표보다 부피가 많은 현금을 받았을 때의 표정이 달랐다. 그야말로 속는 사람이 속은 다음까지 기분 나쁘지 않은 효과가 있었다. 나이 많은 농사꾼한테 잘 먹히는 상술이었다.

"동숭은 참말로 재주가 좋당께에. 나 같은 사람은 밥 싸갖고 동숭 따라댕겨도 다 못 배우겄당께."

언챙이는 고개를 살래살래 흔들며 감탄을 했다.

사실 깜 사장의 입장에서는 괜찮은 물건을 싸게 샀다. 더구나 현재의 시세에서 가장 낮은 시세라는 선례를 만들기까지 했다. 이제 몇 시간 후면 이천 원이 상인들 사이에서 기준

이 될 터였다. 농사꾼들에게는 남아도는 물량 앞에서 삼천 원
은 이제 물 건너갔다. 완불이나 마찬가지인 계약금도 곧바로
작업을 해야 하는 깜 사장에게는 아무런 손해가 아니었다. 깜
사장은 물건을 싸게 산 성과를 이뤘고 배추 농사를 지었던 밭
주인은 5개월 동안 비용도 못 건지는 헛수고를 했다.

"사실은 나도 미세스 장한테 많이 배워야 할 것 같습니다
아."

나의 수완은 깜 사장까지 감동하게 한 모양이었다.

나도 모르게 모가지를 세운 것 같아 더 짐짓 깜 사장과 언
쳉이가 보내는 찬사에 별다른 반응을 보이지 않았다. 잘 익
은 이삭일수록 다소곳이 고개를 숙이고 있으면 그 이삭이 훨
씬 탐스러워 보이지 않겠는가. 게다가 오늘의 성과는 다른 상
인들이 나와 손을 잡아보고 싶어 하는 계기가 되어줄 것이다.
밑천이 부족한 나의 약점을 많이 보완할 기회를 스스로 마련
한 셈이기도 했다.

사거리 다방 골방 안에서 즐기는 화투판도 순풍에 돛 단 듯
잘 풀렸다.

"어지께 밤에 디아지 꿈을 꿨으까아. 어째 동숭이 하는 일
마다 고속도로가 씨언하게 뚫리는구마안."

언쳉이는 여전히 내 옆에 있고 싶은지 계속 나를 추켜세웠

다. 이번에는 싫지만은 않았다. 오히려 젊은 나이에 남편을 여의고 그야말로 고군분투하면서 살아가는 언챙이 언니가 짠하다는 동정심이 일기까지 했다. 나는 언챙이 쪽에 유리하도록 화투 패를 밀어주었다.

"신간이 편해지믄 인심도 후해진다등마는 동숭 인심이 부처님 가운데 토막일세이."

언챙이는 그새 후한 덕담으로 답을 보냈다.

게다가 사실 지금의 화투판에서 승산이 없는 나로서는 서로 강한 사람끼리 싸움을 붙여서 상대적으로 나의 피해를 줄이는 전략이기도 했다. 화투판의 다음 수를 읽지 못하는 언챙이는 여전히 모든 감각이 어두웠다. 밭에서 풀 매는 능력 외에 재주라고는 도무지 다른 싹수가 없는 위인임이 분명하다.

화투 패의 우선권을 내가 계속 잡고 있는데 핸드폰에서는 연신 문자메시지가 왔다. 깜 사장이 보낸 것이었다.

'오후 7시에 장미모텔 308호에서 긴히 의논할 것이 있음. 미영 씨 외에 다른 사람은 사절!'

장미모텔? 장미? 장미….

수집 상인들이 주로 모여 있는 낭만모텔이 아닌 장미모텔에서 보자고? 웬 미영 씨? 미세스 장이 아닌 미영 씨와 의논하고 싶다?

시계를 보니 5시 50분이었다. 한 시간 후에 장미모텔에서 보자는 깜 사장의 메시지가 뿌연 담배 연기처럼 정신을 몽롱하게 했다.

"어야, 동숭 뭣 하는가아? 자네 차례네에."

다방 손 마담이 내게 재촉을 했다.

나는, 집에 볼일이 생겼다고 일단 다방을 나왔다. 우선 생각을 정리해야 했다.

깜 사장은 기회와 함정을 동시에 내밀면서 내게 손짓을 하고 있다. 기회라면 이전보다 좋은 조건을 제시한다는 의미인데 소개비만 건네는 관계가 아니라 이익금의 배분율을 정해 보자는 제안을 할 수도 있다. 대신 깜 사장 자신과의 거래에 중심을 두어달라는 조건을 붙일지도. 내 인생의 엘리베이터가 예상보다 빠르게 올라가는 중이다.

내가 여태껏 들일이나 집안일을 대충대충 하고 나돌아 다녀도 남편이 모르쇠 했던 데에는 내 스스로 쳐놓은 그물이 나름대로 단속을 잘해줬기 때문이었다. 깜 사장은 빗장을 열어야 더 큰 잇속이 생긴다고 속닥이고 있다.

지금까지 별로 대수롭지 않게 여기고 있던 사실이 우악스럽게 내 머리를 헤집었다. 수집 상인들은 집을 떠나서 오랫동안 타지에서 지내야 했다. 개중에는 육허기를 채우려고 현지

처나 연인 관계를 만들기도 한다. 이해할 수 있었다.

오슬오슬 한기가 느껴졌다. 집을 나설 때 옷 모양에만 신경 쓰느라고 보온에는 무심했던 탓이다. 단지 옷이 얇아서일 뿐이라고 스스로에게 타일렀다. 그리고 자동차 시동을 걸어서 히터를 틀고 〈백조의 호수〉도 흐르게 했다. 시계는 7시 10분을 꼴딱 넘어가고 있다. 깜 사장이 정해놓은 시간에 도착하기에는 늦었다. 히터에서 나오는 온기가 금세 내게 외투가 되었다. 〈백조의 호수〉는 잔잔하다가 경쾌한 물살을 만들고 있다.

원래 큰 물고기는 깊은 곳에 있기 마련이다. 위험하기 때문에 비싼 것이다. 위험을 감수한 대가의 가치는 커야 맞다. 반대로 위험을 겪지 않은 작은 물고기는 가치도 작은 것이다. 그럴 것이다. 그렇기 때문에 나는, 그 하찮은 삼만 원을 손에 쥐기 위해 하루 종일 밭고랑을 기어 다니는 어리석은 짓을 더이상 하지 않으려고 한다. 하찮지 않은 것만이, 위험하지만 큰 것이 내 인생을 밝혀줄 수 있을 것이다. 좁쌀을 아무리 굴려봐야 호박 덩이가 구르는 것과 어디 비교나 할 수 있는가 말이다.

나는 자동차 불빛을 열었다. 그리고 〈백조의 호수〉를 들으면서 아주 천천히 가속 페달을 밟았다. 사거리 신호등 앞에서 〈백조의 호수〉는 자못 풍랑을 만들고 있었다. 나는 장미호텔로 이어지는 오른쪽으로 향한다는 신호를 넣으면서 속도를 높이기 시작했다. 〈백조의 호수〉는 계속 내 귀를 따라오고 있었다.

복숭아나무
심을 자리

긴급뉴스입니다!

어젯밤에 내린 폭설로 전국의 교통이 마비되어 대파를 비롯한 채소의 품귀 현상으로 시장 상인들은 발을 동동 구르고 있습니다. 그러나 아직도 눈발은 그치지 않고 쌓여 곳곳에 사고가 잇따르고 있습니다. 기상청 슈퍼컴퓨터의 관측은 앞으로도 이삼 일 동안 눈이 더 내릴 것으로 예상하고 있습니다. 시청자 여러분께서는 속보를 계속 지켜보시면서 피해가 없도록 철저히 대비하시기 바랍니다!

텔레비전이고 신문이고 50년 만에 퍼붓는 폭설 소식을 전하느라 게거품을 뿜어대야 했다. 그러나 더 올 거라던 눈은 오지 않았다. 기상청에서는 폭설이 더 내릴 것이라는 예보를 세 차례나 했지만 비가 찔끔거리다가 잔뜩 찌푸린 날씨만 반복되고 있었다.

형석은 현재 많은 눈이 내리고 있다는 뉴스를 기다리고 있다. 소비보다 공급이 많은 대파 양을 조절해줄 수 있는 것은 폭설밖에 없다. 그러나 지난해보다 15% 이상 물량이 늘어난 대파는, 수집 상인들의 발걸음을 기다리느라 한데서 오들오들 떨고 있다는 소식만 간간이 나왔다.

지난 11월부터 기다리던 소식은 없고 두 달이 지나도록 겨울 내의가 아쉽지 않은 날씨가 이어졌다. 형석은 기철의 수렵용 총을 빌려 기상청 슈퍼컴퓨터라도 갈겨주고 싶었다.

초저녁에 비가 추적추적 내리기 시작하자 형석의 휴대전화가 나 같은 건 없는 건가요, 하는 노래로 주인을 불렀다. 기철일 것이라고 짐작했던 형석의 점괘는 맞았지만 고대하던 희망과는 거리가 멀었다.

"손 없는 날인께 슬슬 나가보끄나?"

"손 없는 날 피 봤다가 면허 취소되믄 어짤라고 그라냐?"

비가 오는 밤에는 사냥감이 산 아래로 내려오는데 그런 때는 손가락이 근질거린다는 기철이 고라니 사냥하러 가자는 것이었고, 오늘따라 내키지 않은 형석이 수렵 허가증을 들먹이며 뒷걸음하는 말을 했다.

"누가 피 보자고 하든? 괴기 맛보자고 했제."

형석의 뒷걸음질에 맞춰서 기철은 냉큼 다가서는 소리로 덤볐다.

"새꺄! 너 그거 병이다, 벼엉! 너 자꾸 잊는 것 같은데 내가 이장님이라는 사실을 늘 명심해라이잉!"

"어련하시겠습니까아! 국가의 녹을 퍼먹고 계시는 분인데에."

형석은 자신이 면사무소에서 심어놓은 동네 보초병으로서, 언제든 신고나 고자질을 할 수 있는 이장임을 상기시키면서도 기철이 그 말을 받아먹으리라 기대한 것은 아니었다.

사실 형석이 얼떨결에 이장을 맡게 되었지만 노인네들 틈바구니에서 살다 보니 이장 노릇이 보통 성가신 일이 아니었다. 어떤 때는 새벽 4시경에 전화벨이 울려서 깜짝 놀라 수화기를 들어보면 밥을 안치려는데 가스레인지가 켜지지 않는다며 와서 봐달라는 동네 노인의 울상이었다. 배고플 때 먹는 인절미 맛과 다르지 않은 새벽잠을 뺏긴 것이 억울해서 울컥 짜증이 났다가도 어이없어지고 말았다. 혼자 사는 노인네가 날이 밝기를 기다리고 기다리다 더디 걷는 어둠을 제치고 일어나서 밥 끓는 냄새라도 동무 삼고자 하는 심정이 낯설지 않았다.

자던 잠을 마저 털어내지 못한 채 노인네 집에 가서 가스레인지를 살펴보면, 가스 중간밸브를 잠가놓고 들여놓은 지 며칠 되지 않은 가스레인지가 고장인 것 같다며 불신과 근심으로 썩지 않는 퇴비를 만들고 있었다.

어쩌면 동네 노인네들은 형석을 이장 자리에 앉혀놓고 아무 때고 불러서 막걸리 사 오라는 심부름을 시킬 수 있는 코흘리개 손자 역할을 기대했는지도 모르겠다.

기철을 태운 형석의 트럭이 어둠을 가르며 천천히 산길을 달리다가 골짜기 어느 지점에서 멈췄다. 기철이 총을 챙겨 앞서 걷자 형석은 서치라이트를 들고 따랐다. 비는 그쳤지만 진흙이 잡아끌듯 형석의 발길을 무겁게 했다. 배추밭에서 쌈을 했는지 연애를 하느라 그랬는지 난장판을 만들어놨다며 진즉부터 고라니를 잡아달라던 진철의 밭으로 들어섰다.

속이 꽉 찬 배추들이 서치라이트의 사열을 받듯 나란히 줄지어 있었다. 형석이 밭 입구를 지나서 산과 이어진 경계를 서치라이트로 비추자 고라니들이 낸 길이 확연히 보였다. 사람들이 자주 다니는 길처럼 반질반질했다. 주변의 배추는 그야말로 쑥대밭이었다. 몇 마리의 고라니가 드나드는지 알 수 없게 고라니 발자국들과 검정콩 같은 똥이 난무했다. 한 아름 되는 배추들이 뽑혀서 내동댕이쳐져 있고 뽑히지 않은 배추들은 속은 빈 채 겉잎만 붙어 있었다. 형석이 산으로 이어지는 배추밭을 계속해서 서치라이트로 수색을 하면 기철도 같이 불빛을 따라 총을 겨눴다.

"처삼춘 벌초하대끼 하지 말고 거북이 잔등에서 털 찾대끼 해봐라아 임마아! 기왕지사 홀엄씨 방에 꾀벗고 들어왔으믄 지대로 볼일을 봐야 할 거 아니냐아?"

형석이 설렁설렁 어둠을 뒤지는 것과는 다르게 호랑이 잡는 사냥꾼처럼 눈에서 빛을 내던 기철이 소리를 낮게 깔면서 형석에게 지청구를 했다.

"장개도 안 간 놈이 처삼춘 벌초를 해봤어야 말이제에."

기철의 신중함에는 아랑곳하지 않는 형석은 여전히 건성이었다.

"쩌그쩌그!"

기철이 갑자기 낮게 소리치면서 형석이 비추고 있던 서치라이트를 붙잡아서 멈추게 했다. 기철은 노련한 사냥꾼답게 사냥감을 금세 찾아냈다.

과연 형석의 눈에도 검은 물체가 보였다. 검은 물체는 갑자기 쏟아지는 불빛에 놀라서 꼼짝을 못 하고 있었다. 그때 방아쇠가 철컥하더니 타타탕하는 소리가 골짜기를 울리는 것과 동시에 검은 물체는 그대로 털썩 주저앉았다. 바로 옆에서 네 개의 노란빛이 아주 잠깐 흔들리더니 날쌔게 어둠 속으로 들어갔다. 다른 때 같았으면 흔들리는 노란빛에 형석이 재빠르게 서치라이트를 들이댔을 테고 포수는 연거푸 방아쇠를 당겼을 것이다.

"워메에, 아깐 거엇! 두 마리나 놓쳤냐, 새꺄아!"

"고기는 이깝에 물리고 사람은 욕심에 죽는다 했느니라아."

사냥감을 놓친 것을 못내 아까워하는 기철에게 형석은 손아랫사람한테 충고하듯 한마디 던지며 서치라이트를 기철에게 건네고 세워둔 트럭 쪽으로 향했다. 덕분에 기철은 쓰러진 사냥감을 혼자서 찾으러 가야 했다.

기철이 사냥감이 자빠진 자리를 찾아서 서치라이트를 비춰 보니 예상대로 수컷이었다. 총알을 맞은 놈이 암컷이었다면 최소한 한 마리는 더 잡을 수 있었으리라. 기철의 경험에 의하면 암컷이 먼저 총알에 맞았을 경우에 수컷은 곧장 내빼지 않고 암컷 부근에서 주춤거리다가 같이 잡혔다. 그러나 수컷이 풀썩 주저앉아도 암컷은 냅다 달아났다. 암컷까지 잡을 요량일 때는 새끼부터 눕혀 놓으면 어미는 새끼 근처에서 서성댔다. 그러니까 오늘처럼 세 마리의 가족이 걸려든 상황에서는 맨 처음에 새끼를 넘어뜨렸다면 암컷을 잡을 수 있었을 것이고 잠깐 사이에 수컷까지도 따놓은 당상이었는데 그 반대로 수컷이 먼저 발견되어 암컷과 새끼를 놓친 셈이었다.

"지금쯤 침 젤젤 흘리고 있을 작자들한테 전화 잔 때려봐라."

기철이 잡은 고라니를 비료 포대에 담아 트럭 짐칸에 실어두고 차에 오르면서 형석에게 주문했다.

"기왕 인심 썼으믄 깨 할딱 벗고 주라고 안 하든, 니가 해라."

형석은 시큰둥하게 대답하면서 차에 시동을 걸었다.

"똥 깔고 앉은 놈 쌍판때기구만. 어째 뭔 일 있냐아?"

내내 심드렁하게 굴던 형석이 이제야 눈에 뵌 듯이 기철이 돌아다보며 물었다.

"일은 뭔 놈의 일. 와야 할 눈은 안 오고 쓰잘데기 없는 비만 청승 떨고 자빠졌응께 속에서 오장이 썩어 문들어진다. 슈퍼컴퓨턴가 슈퍼 멍챙이한테 하도 속아서 그 썩을 놈의 기계를 박살내불고 잡당께."

형석은 이런 푸념조차도 귀찮았지만 그나마 스스로 감정 조절을 하는 셈 치고 뱉어낸 말이었다.

"부아 돋은 날 의붓애비 온다고 돌부리 차믄 내 발구락만 아프제 어짜겠냐…, 그라고 베트남에 꽂아논 태극기는 언제 오나?"

기철은 새삼스럽지도 않은 일로 새가슴 같은 여자애처럼 군다고 핀잔을 주더니 부뜨앙 소식을 지나가는 말투로 가볍게 묻기만 하고 이내 사람을 불러 모았다.

"따땃한 국물 갖고 같께 준비해놓으쇼!"

기철과 동갑이지만 두 달 먼저 태어난 사촌 피붙이라서 형이라고 불러야 한다고 아버지가 당부를 몇 차례 했었다. 기철이 아버지 당부를 코로 들었다가 지게 작대기로 엉덩이 살이 터지도록 맞고 나서야 형이라 부르게 된 진철한테만 연락해도 군침을 흘리고 있는 사람들이 드르르하니 몰려들 것이다.

작년까지는 한밤중의 고기 잔치가 기철의 집에서 열렸지만 동네 현암사 주지 스님 말을 부처님의 말씀으로 여기는 기철의 아내가 질색을 했다. 이미 저지른 악업도 다 못 풀고 갈 것인데 그 징한 업보를 어떻게 다 감당할 것이냐고 손사래를 쳤다.

형석의 트럭이 진철의 집 근처에 왔는데 차를 댈 곳이 여의치 않을 정도로 다른 차들이 진철의 집 주변을 메우고 있었다.

"나는 그냥 들어갈란다. 여그서 내려라."

형석은 진철의 집 못 미친 거리에서 트럭을 멈추고 기철한테 일렀다.

"괴기 한 점이 귀신 천 마리를 쫓는다는데 한 점 하고 가제 그라냐? 무엇보담도 태극기를 지대로 꽂을라믄 따땃한 국물 잔 마서둬야 쓸 것인데에….."

기철이 장난기 섞은 웃음을 흘리면서 재차 권했다

"쥐좃만 한 새꺄, 너나 잘하세요!"

형석은 운전석에 앉은 채 기철의 옆구리를 발로 밀어 내몰았다.

"빼딱은 챙겨둘랑께 느그 엄매 갖다드려라."

하고 기철이 돌아섰다.

총잡이였던 기철이 이제부터는 또 칼잡이의 진수를 보여줄 시간이다. 육군 장교 출신인 기철이 쏜 총알은 고라니의 복부나 머리는 다치지 않게 다리를 관통했기 때문에 고라니의 숨통은 아직 끊어지지 않았을 것이다. 고라니의 멱을 따서 아직 온기가 남아 있는 녹혈을 바가지에 받아내는 기철의 기예에 이제는 놀라는 이도 없다. 그러면 진철이 제일 먼저 달려들어 군수 보좌관이 군수보다 곱절 권세 부리는 모습을 보여줄 테고. 기철의 피붙이 형이라는 세가 그럭저럭 먹힐 것이다. 녹혈을 한 모금이라도 더 마시려고 실랑이하는 동안 기철이 이제 고라니 가죽을 통째로 쭉 벗겨내 부위 별로 살을 발라내면, 한쪽에서 고기를 썰고 또 한쪽에서는 누군가 가져온 묵은 김치에다 고기를 곁들이거나 양념 소금을 찍어 먹으며 겨울 밤이 소주와 함께 흥청거릴 것이다.

기철이 뼈를 따라서 살을 발라내는 동안, 누구 한 사람이라도 기철에게 고기를 먹어보라는 권유가 없는 것은 모두에게 익숙한 풍경이었다. 기철은 사냥하는 재미만 알고 생고기 맛은 즐기지 않았다.

자동차가 예닐곱은 되는 것으로 봐서 입에서는 고기를 봤다고 할 테고 목구멍에서는 고기를 못 봤다고 할 수도 있으리라는 짐작을 하며 형석은 집으로 들어왔다.

형석은 집에 들어오자마자 휴대전화를 열어봤지만 기철이 들먹였던 태극기 소식은 없었다. 혹시 휴대전화 소리를 못 들을까 싶어서 진동으로 해놓은 전화기를 넣어둔 주머니 쪽 가슴근육에 신경을 모으고 있었는데도 감감했던 소식이 다시 확인한다고 나타날 리는 없었다. 형석의 조바심이 관성적으로 그렇게 움직였을 뿐.

태극기 언제 오냐고 묻던 기철의 말이 생각난 형석은 혼자서 피식 웃음을 흘렸다.

형석을 안절부절못하게 만든 부뜨앙이라는 여자가 기철을 비롯한 가까운 사람들에게는 태극기로 불리고 있었다.

'농촌 총각 장가보내기 대책위원회'라면서 이장님이냐고 묻는 전화가 왔었다. 적선받는 기분을 안겨주는 그 명칭이 형석의 비위를 건드렸지만 이장을 찾으니 어쩔 수 없이 동네 총각 이름들을 줄줄이 일러줬다. 자신 또한 총각이라서 모임에 참석하다 보니 베트남에 가는 명단에 형석의 이름이 오르게 되었다. 이장님은 특별히 회비를 면제해준다고 해서 궁둥이 들쑤시는 농한기에 해외여행이나 다녀오는 셈 치기로 했다. 집에서 먼 곳이라고는 시집가서 서울에 살고 있는 누나 집에 들락거린 것이 전부인 형석으로서는 팔자에 없는 해외여행을 한다고 비행기까지 타게 돼서인지 차츰 들뜨기까지 했다.

인천공항으로 가는 전세 버스에 모인 스물두 명의 시커먼 남자들이 총각이라 하기에는 하나같이 다소 무리가 있어 보이는 모습들이었다. 그중에서 서른여덟 살 형석이 제일 어린 축에 들었고 색시 구하러 가는 것이 아니라 며느리 구하러 가는 사람이 아닌가 싶은 축도 꽤 있었다.

형석을 포함해서 거의 모두가 들에서 일하는 작업복에 익숙한 사람들이라 양복과 사람이 따로따로였다. 제 옷이 아닌 남의 옷을 잠시 빌려 입은 것 같은 데다 사람보다는 옷이 사람을 불편해하는 게 역력했다. 그런 상대방의 모습이 우스꽝스러워 키득거리고 웃다가 그 모습이 내 모습이다 싶어지면 소금에 절여놓은 배추처럼 어느새 시들해졌다. 하지만 소주가 몇 잔 오가고부터는 논두렁에 앉아 새참 먹으면서 허풍 떨던 배짱을 되찾았다.

"베트남 가시나들은 자연산 미인이라던데 참말이까?"

"자연산이든 양식이든 여자는 허리가 낭창낭창해야 보듬는 맛이 있는데 말이여."

"여자 낯부닥 고운 것 하고 갯부닥 미끈하게 고운 것은 믿지 말라고 했는데….'

"여자와 집은 저질러놓고 보라고 했응께 나는 바로 봐불랑만."

"그라제에. 여자와 생고기는 오래 두고 보지 말라는 진리의 말씀을 따라야제에, 아멘!"

그동안 제각기 묻어두고 꺼내보지 못했던 여성에 대한 취향과 취기로 버스 안이 붉어지고 있었다.

"그나저나 대파를 팔아야 장개를 가든 신방을 차리든 할 것인데 갑갑하당께에."

"워따 쓰벌노옴! 그것도 농사라고 지어놓고 농사꾼 명함 내밀고 자빠졌냐아? 오다 쉬고 가다 쉬는 꼴새로 이빨이 빠져 있는 대파밭을 올 같은 해에 어뜬 눈깔이 쳐다볼 것이라고!"

"보통 일이 아니랑께에. 장개 한번 가볼라고 대파 폴믄 준다고 오뉴월에 포리 새끼 발부닥 비비대끼 여그저그 손부닥 비벼서 회비를 냈는데 대파 폴기는 죽은 손자 붕알 맨치기 같당께!"

"그란 데다가 그 씨발노므 에프티에인가 에프킬란가 하는 것까지 한다고 농사꾼들을 좆으로 맹글고 있당께."

"그랑께 말이여. 그것 땜시 동네마다 돈 걷어서 서울로 데모하러 간다고 했는데 이케 빠져나오는 것이 여영 껄쩍지근해서 오만 원 봉투 하고 왔당께. 영락없이 노므 물에 기 잡어 먹을라는 도둑놈 디아부렀당께."

"아따아! 집구석에서 하던 꺽정을 집구석에 놔두고 나오제 뭣 났다고 천리만리까지 끌고 와서 술맛 떨어지게 하고 있으까이. 우리덜 당면 과제는 장개를 가는 것이고, 농촌 총각이 장개를 가야 농촌의 인구를 늘려서 애국하는 길이랑께에."

"애국 같은 소리하고 자빠졌네. 정치하는 것들이 우덜을 홍어좆으로 보고 의붓새끼로 아는데 뭔 놈의 애국은 애국이여! 그런 것 있으믄 개나 줘서 뜯어 먹으라고 하제!"

"그것보담도 농사꾼이 살라믄 미국 놈덜 모가지를 틀어부러야 한다고오!"

"자아 ─ 자, 여기서 우덜끼리 하는 소리는 이불 속 날갯짓인께 그만들 홍분은 가라앉히고 인륜지대사를 치르러 가는 마당에 앞으로의 일정에 대해서 말씀드리겠습니다. 자알 들었다가 노므 나라까지 가서 우세 사는 일이 없도록 합시다."

금방이라도 전세 버스의 방향을 틀어서 미국대사관이나 청와대를 부숴도 분이 풀리지 않을 것 같던 분위기를 대표로 세워놓은 사람이 나서서 가라앉혔다.

버스가 인천공항에 도착하기 전까지는 자신들이 촌놈들이라는 것에 신경 쓰지 않았는데 버스에서 내려 공항에 들어서자 딴 세상이 펼쳐졌다. 똥지게 지고 장에 가면 이런 기분이 들까 싶게 지나가는 사람들의 눈동자는 커지는 것 같고 촌놈들의 몸뚱이는 자꾸만 졸아들고 있었다. 그나마 스물두 명이 무리지어 있을 때는 덜한데 혼자서 화장실에라도 다녀올라치면 숫제 죄인처럼 오금이 저리기까지 했다. 나는 농사짓는 촌놈이오, 하는 문구를 종이에 써서 앞뒤로 붙이고 다니기라도 한 것처럼 다른 사람들의 눈빛이 형석의 어깻죽지를 오므라들게 했다.

더구나 삽이나 낫자루 쥘 때는 든든하기만 했던 자신의 손이 곰 발바닥으로 보이는 게 아닌가 싶어 손을 어디에 둬야 할지 막연했다. 손에 무거운 가방이라도 들었으면 덜 거북할 것 같았다. 그렇다고 계집애들처럼 옆 사람 손을 잡고 있을 수도 없어서 더욱 난감했다. 어색함을 누르려고 습관적으로 담배를 꺼내 물었지만 그럴 때마다 눈에 띈 것이 금연 구역이라는 협박 딱지였다. 그 와중에 이 모임을 주선하고 있는 회사 직원은 인원을 점검한다, 탑승수속을 밟는다 하면서 자리를 이탈하지 마라는 친절과는 거리 먼 말투의 부탁을 연신 해 댔다.

"아따아, 씨발! 장개 한번 가는 것이 겁나게 성가시구마안. 땡볕에서 비료 살포기 지고 이삭거름 하는 것보다 더 뼈친 것 같당께."

"나도 그란당께. 촌닭 서울 구경하러 온 것 같아서 입맛이 쓰디쓰구마이잉."

"와따아! 저 가시나 궁뎅이 실한 것 잔 보게에. 콧방 깨진 놈 여럿 되겠구마안. 흐흐흐."

"워메 워메! 쩌그 잔 봐라아잉. 뭣 할라고 손부닥만 한 것을 걸쳤으까이. 아싸리하게 벗어불제. 그라믄 참말로 더 볼 만할 것인데에."

형석은 주변을 눈요기하며 낄낄대는 일행들의 배포가 부럽다 못해 은신처가 되어주는 듯했다.

무엇보다도 옷과 신발에는 질척한 펄이 말라가고 있거나, 하다못해 지푸라기라도 묻어 있으면 몸놀림이 편한데 아무것도 묻어 있지 않은 외출복을 어쩌다 입을라치면 어딘가 어색

하고 갑갑했다. 그런데 외출복도 보통 외출복인가 말이다. 백화점에서 옷을 살 때 한 번 입어보고 두 번째로 입은 옷이며 신발이었다. 넥타이에서 신발까지 모두가 서로에게 편하지 않았다.

더구나 비행기 안의 스튜어디스들의 행동은 형석이 여태 만나보지 못한 낯선 대우였다. 척 보기에 촌놈이라고 얼굴에 쓰였기 때문에 상냥함을 가장해서 재미 삼아 놀리고 있는 게 아닌가 싶어 치밀어 오르는 성질을 애써 삭일 정도였다.

비행기 안에서 주는 도시락은 한 입 먹은 것조차 뱉어내고 싶었는데 처음 만나본 술은 잘도 넘어가서 연거푸 마셨더니 스르르 잠이 왔고, 깨다 졸기를 반복하다 보니 하노이 공항이었다.

스물두 쌍의 남녀가 교회에서 한꺼번에 결혼식을 하기까지, 부산하게 움직이던 베트남 안내원의 간단한 설명에 형석은 고개를 몇 번 끄덕인 것이 전부였다.

결혼식 전날은 한국 남자들이 주욱 앉아 있는 베트남 여자들 중에서 선택을 했는데 기분이 묘하기도 하고 꽤나 복잡했다. 장난으로 던진 돌에 개구리 죽어가는 비명이 들리는 것 같기도 했고 낯선 데를 갔다가 길을 잃고 헤매는 꿈을 꾸고 있는 것 같기도 했다.

그렇게 감각이 불분명한 과정에서도 형석이 선택한 부뜨앙의 손목을 잡아끌 때의 느낌은 아주 선명했다. 다른 여자들은 울긋불긋한 단풍잎처럼 비슷비슷해 보였다. 그러나 꽃잎을 막 열기 시작한 백합이 진한 향기로 사람을 끄는 모양새로 다르게 보인 것이 부뜨앙이었다. 게다가 보들보들한 부뜨앙의 손목에서 전해지는 감각이 '이게 여자 살결이구나!' 싶으면서 꼬리뼈가 찌릿하더니 아랫도리가 팽팽해져서 혼자 얼굴이 화끈거렸다.

문제는, 결혼식을 마친 뒤에 밥 대신 술만 홀짝홀짝 마시다가 호텔 방으로 들어와서였다.

방 가운데 테이블에는 샴페인과 과일이 준비되어 있었다. 형석이 뚜껑을 따고 잔에 샴페인을 채워 부뜨앙한테 건배를 하자는 시늉을 했다. 부뜨앙은 마지못해 한 모금 마시고는 테이블 모서리에 눈을 고정하고 있었다. 조금 전까지 살랑살랑 향기를 내뿜는 꽃으로 보이던 부뜨앙의 얼굴이 급하게 얼려 놓은 홍시처럼 굳어 있었다. 긴장해서 그러려니 형석은 넘겨 짚었다.

형석은 먼저 샤워하겠다는 말을 손짓 발짓으로 보이고는 목욕탕으로 들어갔다. 형석은 대충 비누칠을 하면서 부뜨앙이 술을 좀 더 마시면 간이 커질 것이라고 확신했다. 형석이 목욕탕에 있던 가운을 입고 나와서 부뜨앙한테 샤워를 하라고 손으로 말을 했다.

"노!"

부뜨앙의 입에서 그런 소리가 나왔다.

"응?"

샤워를 안 한다는 말인가 아니면 샤워를 못 한다는 뜻인가 하고 형석이 잠시 머릿속을 더듬다가 다시 샤워, 하고 말을 건넸다.

"노우 샤워!"

부뜨앙이 다부진 표정으로 그렇게 내뱉었다.

"어째서?"

'노우 샤워'라는 말도 알아들을 수 있었지만 부뜨앙의 표정만으로도 못 하는 게 아니라 하지 않겠다는 확실한 의사가 또렷하게 보였다.

형석은 잔이 넘치도록 샴페인을 따라서 꿀꺽꿀꺽 마셨다. 그러고는 잠시 눈알을 굴렸다. 미리 나눠 준 안내서에 이럴 때 할 수 있는 말이 무엇인가 기억을 더듬어봤다. 없었던 것 같다. 아니 없었다.

"그라믄 뭣이라고 해야 쓰끄나? 아니, 아니 이럴 때는 어찌케 해야 쓰까아? 워메, 미치겠네에!"

형석은 샴페인을 병째 들고 들들 마셨다.

"아니이, 어째서 샤워를 안 한다는 것이냐고오? 그라믄 베트남에서는 원래 목욕을 안 하고 신방을 차린다는 것이여? 그래?"

형석이 손짓 발짓도 포기하고 술기운이 몰려드는 것을 느끼면서 한국말을 부뜨앙한테 해댔다. 부뜨앙도 베트남 말로 뭐라고 소리쳤다.

"워메에! 미치고 환장하겠네에! 니가 느그 말을 해불믄 내 귓구멍이 어찌케 알아먹냐고오? 우리 집 개나 고양이가 하는 말보다 애럽구마는."

형석은 막막했다. 국적이 다르다는 것이, 아니 언어가 다르다는 것이 넘을 수 없는 산이요 바다요 벽이라는 생각밖에 없었다. 그렇다면 '보디랭귀지' 그것이 있다 싶어서 형석이 다짜고짜 부뜨앙의 팔을 잡아끌었다.

형석은 부뜨앙이 쉽사리 끌려올 줄 알았다. 뿌리 뽑힌 풀처럼. 그러나 부뜨앙은 형석의 손을 홱 뿌리쳤다. 형석의 한쪽 팔에 쏙 들어올 것 같던 작은 몸집에서 어떻게 저런 힘이 숨어 있었나 싶게 당찼다.

형석이 다시 양손으로 부뜨앙의 두 팔을 잡아끌자 부뜨앙이 형석의 손등을 이빨로 꽉 물었다. 형석이 소리를 지르며 손을 풀고 어이가 없다는 듯 부뜨앙을 보자 부뜨앙도 형석을 앙칼지게 노려봤다. 그야말로 새끼 품은 암고양이였다. 작지만 맨손으로는 어떻게 손댈 수 없는 위험이 느껴졌다. 그러나 고양이가 아무리 발톱을 세우고 으르렁댄다 한들 긁히기밖에 더 하겠냐 하는 오기로 탱탱해진 형석이 부뜨앙을 다시 잡으려는데 부뜨앙이 재빨리 목욕탕으로 쏙 들어가더니 문을 찰칵 잠갔다. 형석은 목욕탕 문을 주먹으로 쾅쾅 치면서 "오우픈, 오우픈"을 외쳐댔지만 안에서는 아무런 대응이 없었다. 속수무책이었다. 닭'쫓던 개 꼴이 바로 요 모양이구나 하는 생각만 길게 늘어졌다.

형석은 냉장고에서 맥주를 꺼내 어금니로 뚜껑을 따자마자 벌컥벌컥 마시면서 "니미랄 좆도, 이것이 뭔 꼴이여, 니미랄 좆도!" 그렇게 한참을 중얼대다가 취기에 잠이 들었다.

누군가 몸을 흔들어서 깨우자 형석이 눈을 떠보니 베트남 안내원과 함께 한국 쪽 안내원까지 같이 온 일행 몇 명이 우르르 몰려와 있었다.

"어떻게 된 일이에요?"

한국 쪽 안내원이 형석에게 물었다.

"어떻게 되긴 뭣이 어떻게 디아라. 쪽박 깨진 것이제. 나는 우리 집으로 갈랑께에 차비나 내놓으쇼!"

형석이 취기에서 벗어나보려고 담배를 찾아 입에 물면서 주절거렸다.

"차분히 자초지종을 말씀해보세요. 여자 쪽에서 고소한다 어쩐다 난리가 났습니다."

한국 쪽 안내원은 의자를 끌어당겨 앉으면서 형석을 바라봤다.

"뭣이 어째라? 고소? 고소는 내가 당신들한테 해야 된다고 오! 내가 여그까지 온 것은 태극기 꽂을라고 왔제 태극기 펄럭일라고 온 줄 아냐고오? 내가 태극기만 펄럭이다가 좆 디아부렀당께에!"

안내원이 고소를 들먹이자 형석이 흥분해서 소리를 질러댔다. 한쪽에 있던 일행은 흐흐흥하며 형석의 눈치를 보다가 아예 드러내놓고 푸하하 웃음보를 터트렸다. 형석은 순간 머쓱해졌고 험악하던 분위기가 풀어졌다.

형석이 술에 취해서 잠에 떨어진 사이에 부뜨앙은 목욕탕을 나와서 양쪽 안내원들을 깨웠다. 왜 약속을 지키지 않느냐고 따지면서 고소를 하겠다고 으름장을 놓더란다. 부뜨앙은 베트남 쪽 안내원한테 미리 약속을 받았더랬다. 부뜨앙 고향에 가서 부모님이 보는 앞에서 전통 혼례를 해야만 부부로 인정할 수 있다고 해서 안내원은 그렇게 전하겠다고 했단다. 그러니까 부뜨앙은 교회에서 행해졌던 결혼식이 끝나자마자 고향으로 가는 것을 당연하게 알았고 안내원은 다음 날 얘기하면 되겠거니 생각하고 있어서 형석한테 아직 얘기를 하지 않았다는 것이다.

결국 안내원 두 명은 형석과 부뜨앙 사이를 부지런히 오가며 다시 중매 역할을 하는 것으로 사과를 했다.

부뜨앙과 형석은 한쪽에서는 벼를 베고 있고 또 한쪽에서는 모내기를 하고 있는 논둑길을 걸어서 부뜨앙 집으로 갔다. 거기서 형석은 눈치코치로 알 수 있는 융숭한 대접을 받으며 다시 한번 결혼식을 했다. 형석에게는 파란색 옷이 입혀졌고 부뜨앙은 붉은색 아오자이를 입었는데 나무꾼과 선녀라는 옛날얘기 속에 나오는 선녀가 부뜨앙만큼 예뻤을까 하는 엉뚱한 생각만 가득했었다.

형석이 부뜨앙과 같이 보낸 사흘 동안의 베트남 생활은 그야말로 구름다리를 건너는 듯한 어지럼증의 연속이었다. 호텔에서 보였던 부뜨앙의 사나움은 그다음 날부터 보드랍고 차진 인절미로 변했다.

형석이 부뜨앙의 손을 잡을라치면 잠깐 부끄럼을 탔다가도 이내 순한 토끼가 되었다. 앙증맞은 부뜨앙의 손이 자신의 손바닥 안에서 꼬무락거리는 것에 자극되어 형석은 행인들 앞에서 자신의 아랫도리를 조심스레 내려다봐야 했다. 둘만 있을 때면 부뜨앙은 형석의 무릎에 걸터앉아서 알 수 없는 꽃향기를 뿌려대는 긴 머리카락으로 형석의 얼굴을 간지럽게 했다. 그러다가도 사람들이 있는 곳에서는 새침데기처럼 형석의 말에 고개를 끄덕이는 정도로 무뚝뚝한 태도를 보였다.

형석이 무엇보다도 믿기지 않은 사실은 숙면이었다. 옆에 누구라도 있으면 깊이 잠들지 못하는 형석이었는데 부뜨앙은 달랐다. 만난 지 사흘밖에 되지 않은 부뜨앙은 효과가 탁월한 수면제였다. 형석이 수면제를 품고 잠자리에 들면 세상 모든 소음이 형석 앞에서 납작 엎드렸다. 어쩌다 잠이 깨면 또 한 번 뜨거운 훈김을 쏟아냈고 다시 깊이 잠이 들 수 있다는 사실이 현실 같지가 않았다.

다른 사람과 한 몸 같다는 일체감 또한 신기했다. 비슷한 환경에서 자랐던 친구 기철이나 피붙이한테서 느끼던 정서적 일치감과 다른 편안함이었다. 형석이 불편해하면 부뜨앙은 형석의 주변을 살폈고 형석이 편안하게 웃으면 부뜨앙의 낯빛도 밝아졌다. 그렇게 부뜨앙과 함께 살 수만 있다면 베트남에서 데릴사위로 살아도 괜찮을 것 같았다.

베트남에 다녀온 이후에 형석한테는 눈이 하나 더 생긴 것 같았다. 이전의 눈알 두 개로는 보지 못했던 것들이 새롭게 형석의 눈 안으로 쏙쏙 들어왔던 것이다. 여자들 속옷 가게에 진열된 브래지어와 팬티에 흘끔흘끔 눈이 갔다. 가장자리가 레이스로 장식되어 있는 원피스는 사고 싶을 정도로 예뻐 보였고 신발 가게 앞에서는 여자들 발은 저렇게 작구나 새삼 고개를 끄덕이기도 했다. 형석의 코 또한 무척이나 똑똑해졌다. 샴푸 냄새는 다 거기서 거기인 줄 알았는데 냄새가 제각기 다르다는 것과 부뜨앙 머리카락에서 났던 냄새는 한국에 없다는 사실을 형석의 코가 알아냈던 것이다.

한국에 올 다른 신부들과 단체로 기숙사 생활을 하고 있는 부뜨앙은 날마다 전화를 했다. 그러나 대화는 짧았다. 부뜨앙은 아주 느리게 한국말을 익혀가고 있었고 형석 또한 베트남 말이 적힌 책을 보면서 얘기를 더듬다 보면 하고 싶은 말과 책에 나와 있는 말이 일치하는 경우가 아주 드물었다. 어쩌다 부뜨앙이 '보, 고, 싶, 어, 요'라고 더듬더듬하는 말에는 형석의 아랫도리가 먼저 알아듣고 재빠르게 부풀어 올랐다.

농사일이 한가해져서 느긋해야 할 형석의 겨울은 여전히 어수선했다. 바람이 이는 방향에 따라 이리저리 휘둘리는 갈파래처럼 흐느적거렸다. 4700평의 대파를 갈아엎고 나니 대파를 키우느라 끌어다 쓴 비용이 악성 부채로 남아 어깨를 짓눌렀다. 폭우나 폭설로 대파 물량 조절이 되어서 어느 한쪽의 농민이 죽어줬어야 했는데 사람이 나서서 물량 조절을 한 것이다.

형석은 3월에 파종한 대파를 5월에 정식하고 여름 내내 굴파리와 파밤나방이라는 생명력 지독한 벌레와 10여 차례 전투를 했다. 명줄 질기기가 호랑이 가죽 못지않은 쇠비름이나 바랭이들 틈새에서 대파를 지키느라 자신의 몸에서 뽑아낸 육수가 얼마나 될지 가늠해볼 여유 없이 늦가을까지 뜀박질을 했다.

지게 작대기만 한 중국산 대파가 가락시장에서 판을 치고 있는 마당에 대파 풍년이 원수였다. 게다가 농사꾼 모두가 쓸데없이 부지런했던 죄의 값이기도 했다. 그러니까 형석은 농사를 짓는다고 비용을 쓸 것이 아니라 동네 느티나무 아래서 새끼손가락으로 막걸리나 휘저어 마시다가 취하면 배때기 드러내놓고 코를 골든가 장기판을 동무 삼았다면 몇천 원의 막걸리와 담뱃값만 외상으로 남을 수 있었다. 막걸리 외상에 비하면 대파 생산비는 너무나 컸으므로 계산상으로는 그 방법이 합리적이었다.

대파를 갈아엎은 지 3일째 되는 날 부뜨앙은 덮어놓고 "오,

월, 이, 십, 칠!" 하고 전화기에서 외쳤다. 부뜨앙과 형석이 목
매어 기다리던 부뜨앙의 한국행 날짜였다.

형석은, 오월이십칠 일이면 보리 이삭이 익어갈 때구나! 하
는 생각이 번쩍 떠올랐다. 앞으로 수확할 수 있는 보리가 남
아 있다는 사실이, 잊고 있었던 적금처럼 반가웠다.

형석은 빚 독촉 전화가 울려대는 겨울 내내 집에 붙어 있지
않았다. 집에 붙어 있기 싫어서 일거리를 찾아 여느 해보다
일찍 논도 갈아났다. 날씨가 꾸무럭해지면 기철의 집에 가서
저녁을 얻어먹고 밤이 되면 포수의 충실한 보조를 자청했으
며 낮에는 좋아하지도 않는 난을 캐러 다닌다고 먼 곳의 산까
지 훑고 다녔다. 면사무소와 부뜨앙의 전화만 받고 농협이나
농약사에서 걸어온 것은 모른 척했다.

햇빛의 눈치를 살피느라 더디게 자라던 보리도 3월 말경이
되면서부터는 마디를 쭉쭉 밀어 올렸다. 그러나 형석이 하루
에 몇 번씩이라도 보리밭에 건네는 기대보다는 느렸다.

보리가 이삭을 펼치기 시작하던 4월 초순에 형석은 복숭아
나무 열 그루와 삽을 옆구리에 끼고 대파를 갈아엎어 놓은 밭
으로 올라갔다. 먼발치에서조차 눈길을 돌리고 싶던 밭이었
다. 형석은 한참 동안 밭둑을 돌아다니면서 살펴보았다. 아침
해를 일찍 받는 곳이 좋을지 오후 햇살을 늦게까지 받는 방향

이 좋을지 복숭아나무 심을 데를 고민 중이었다. 게다가 부뜨앙이 무척이나 좋아한다는 복숭아를 내년부터라도 열리게 하는 방법이 없을까 하는 덜 익은 욕심까지 보탰다.

담배 세 대를 연달아 피워대던 형석이 동쪽 밭둑을 삽으로 파고 있을 때 건너편 보리밭에서는 바람이 파도를 만들고 있었다.

아직도
건네지 못한
이야기

"하룻밤 명 줄기가 징그럽게 질기도 하네. 푸우 —!"

날이 새기만을 기다리다 지친 영심이 혼자서 여러 차례 뱉어낸 말이었다.

며칠 전에 잠시 들른 줄 알았던 감기는 나갈 생각을 하지 않더니 아예 천식까지 끌고 와서 영심의 가슴팍에 자리를 깔았다. 영심은 기침과 가래를 뱉어내고 숨이 꼴딱 멈추고 말 것 같은 호흡장애 때문에 누워 자는 것은 아예 포기한 채 앉아서 설핏 자다 말다 새벽을 맞곤 했다.

어젯밤에도 그랬다. 바윗덩이가 몸뚱이를 누른 것 같아서 허리춤이나 펼 요량으로 옆으로 누웠는데 인심 사나운 기침은 그런 자세마저 용납하지 않았다. 결국 누워서 자는 희망은 접어두고 벽에 등을 기대고 앉은 채 기침하다 숨 고르고, 다시 기침이 터져 나오면 허리를 구부리고 한동안 기침을 내뱉다가 언뜻 잠이 들었다.

얼굴이 보이지 않을 만큼 키가 큰 사내가 유독 반들거리는 고추를 가져왔다. 고추가 많이 나갈 철도 아니라서 받을까 말까 하다가 고추 때깔이 어찌나 고운지 실용적이지도 못한 욕심이 생겨서 그것을 받아들었다. 고추를 보기 좋게 바구니에 담아서 진열해놓고 있는데 갑자기 비가 쏟아지더니 순식간에 물이 차올라 고추를 담아놓았던 바구니가 둥둥 떠다녔다. 그러나 영심은 바구니를 잡을 생각도 못 하고 그 광경을 멍하니 바라다보고만 있다가 잠이 깼다.

머릿속 실타래가 이리저리 엉켜 있는 것처럼 답답한 기분이 들었고 화장실이라도 갈라치면 바닥에서 무언가가 끌어당겨서 몇 걸음도 쉽지 않았다. 감기가 들어온 이후로 몸과 마음이 개운한 적이 없었기 때문에 그러려니 했다. 날이 밝으려면 아직 멀었지만 더 이상 잠이 와줄 것 같지도 않고 베개를 보듬고 뭉그적거리고 있다고 몸이 가벼워질 성싶지 않아서 영심은 이불을 털고 일어났다.

어디 한구석이라도 찬바람이 들어오지 못하도록 영심은 모자를 쓰고 또 모자 달린 털 잠바를 입었다. 그 위에 목도리까지 두르고 마스크도 써서 머리에서 발끝까지 완전무장을 했다. 대문을 밀치자 찬 기운이 영심을 멍석말이라도 하고야 말 기세로 달려들었다. 가로등이 아직 일을 하고 있는 거리에 영심이 뚜벅뚜벅 소리를 만들면서 짙은 어둠 속으로 끼어들었다.

영심이 가게 문 열쇠를 꽂는데 이상하다 싶게 열쇠 구멍이 다른 날보다 잘 보였다. 음마? 하면서 열쇠를 돌리는데 영심의 가게와 나란히 붙어 있는 경주상회가 훤하게 불을 밝히고 있었다.

"저 집구석에 뭔 일 생겼는가?"

영심은 눈썹에 들러붙은 눈곱을 털어내듯 두 눈을 끔뻑거리다가 이내 아침 장을 준비하기 시작했다. 두부를 비롯한 상추와 숙주나물은 아직 배달이 되지 않은 상태였지만 가게 밖으로 물건들을 진열하다 보면 적당한 시간에 도착할 테고 날도 밝아질 것이었다.

"아이, 영심어. 콩노물 천 언어치만 주게."

"나도 콩나물 천 원어치 주세요."

"어야! 미나리 어찌케 한가? 이천 언어치만 줘보게."

날이 새자마자 여러 마리의 새끼들이 어미한테 먹이를 빨리 달라고 보채는 것처럼 여자들이 영심에게 콩나물 달라 마늘 달라 애원하다시피 했다.

"아따아, 참말로! 아, 콩노물 살 데가 여그밖에 없다고 나한 테만 몰려와갖고 사람을 부천질을 못 하게 하는가아!"

체구 작은 여자 두 명을 합쳐놓은 듯싶은 몸집을 느릿느릿 움직이던 영심이 이른 아침부터 짜증이다.

"까스에 밥 안쳐놓고 왔당께에. 얼른 줘어!"

맨 처음에 콩나물을 달라던 아낙이 기둥에 매달아놓은 비 닐봉지를 뜯어서 영심의 손에 갖다 바치면서 영심의 퉁명스 러움에는 아랑곳 않고 바쁜 시늉을 했다.

"그케 바쁘믄 함씨 속으로 빠지제 어째서 엄매 속으로 빠져 갖고 맬겁시 서두름시로 나까정 성가시게 하요!"

영심은 여전히 짜증을 내뱉으면서도 비닐봉지에 콩나물 담 는 손은 푸졌다.

"콩나물 만진 김에 내 것도."

젊은 여자가 잽싸게 비닐봉지를 영심의 코앞에 갖다 댔다.

"젊은 사람이 쩌그 가서 반지락도 사서 먹고 그라제 어째 꼭 콩노물만 먹고 잪으까?"

영심의 입에서 나온 말은 두 번 듣기 싫게 반갑지 않으면서 도 비닐봉지에 담는 콩나물은 받는 사람이 너무 많다 싶게 부 피가 컸다.

"여그… 꼬막은 어찌케 하요?"

영심의 가게 주변으로 다른 가게들이 즐비하게 있건만 영심의 가게만 사람들이 몰려 있는 모습이 궁금한 듯 고개를 들이민 여자가 물었다.

"어찌케 하기는 어찌케 해라. 주라는 대로 주제."

친절과는 거리가 먼 대답에 꼬막을 사려 했던 여자는 머뭇거렸다.

"안 살라믄 얼른 나오쇼. 꼬막은 여그 말고도 천지만지 있을 것인께!."

영심은 손님을 아예 등 떠밀어서 내쫓을 것처럼 귀찮아했다.

"삼천 언어치만⋯."

여자는 영심의 반응에 놀라 주눅 든 자세로 얼떨결에 삼천 원어치를 달라고 했다.

"그만치를 누구 코에 붙일라고 삼천 언어치를 들먹이요?"

영심은 무뚝뚝하게 대꾸하면서도 비닐봉지에 담은 꼬막은 다른 가게의 오천 원어치 분량을 여자에게 디밀었다. 꼬막이 든 비닐봉지를 받아든 여자는 넉넉한 양이 너무 반가워서 방금 전에 영심이 보인 철수세미 같던 태도는 금세 잊은 듯 얼굴이 환해졌다. 꼬막이 제맛 나는 철이라서 찾는 사람이 많아지자 최소 가격이 오천 원이었다. 그 여자도 그런 사실을 잘 아는 눈치였다.

"워어따! 미나리 잔 주라 항께 말쏙지만 따먹더니 쓰다 달다 시능이 없고 미나리 사기가 수절 과부 불알 맨치기보다 애렵네이."

아까부터 미나리 앞에서 미나리를 이리저리 들추고 있던 여자가 재촉을 했다.

"좁은 골에 디아지 새끼 몰대끼 하믄 디아지도 이빨 있다는 것을 보게 될 것인데 그케도 성화요!"

"으따아, 사람 냉하기가 섣달 냇물이네이."

손님인 여자는 오히려 영심을 얼렀고 영심은 여전히 바늘쌈지 내뿜는 듯 대꾸하면서 비닐봉지에 미나리를 담았다.

"생강은 없소?"

손마다 검정 비닐봉지를 서너 개씩 들고 서 있는 사내가 영심을 불렀다.

"새비젓통에 들어앉아서 소금 어딨냐고 한다더니 아잡씨 코앞에 있는 것은 뭣이요?"

생강이 들어 있는 상자 앞에 서서 두리번거리는 남자를 영심은 거들떠보지도 않고 대꾸했다.

"천 원어치만 주쇼!"

남자는 천 원짜리 지폐를 내밀었다.

영심은 그 남자가 한 말에는 대꾸 않고 남자 다음에 온 여자가 고추를 달라고 하자 고추를 담고 있었다.

"생강 천 원어치 주란 말이오!"

남자가 영심의 태도에 항의라도 하듯 큰소리를 냈다.

"딴 데 가서 생강 천 언어치 사보쇼. 나는 생강 천 언어치 폴아본 지가 옛날, 꼰날인께!"

영심은 또 다른 사람을 상대하는 것으로 남자를 내쫓고 있었다.

남자가 들고 있는 검정 비닐봉지가 영심의 심사를 건드린 때문이었다. 그 남자는 다른 데서 이미 장을 다 보고 막판에 영심의 가게에 들른 것임을 누가 봐도 알 수 있었다. 더구나 생강은 도매 시세가 비싸서 구색이나 맞추려고 갖다 놓았기 때문에 굳이 팔고 싶은 마음이 없기도 했다.

엉거주춤 머뭇거리던 남자는 등을 돌려서 재래시장을 빠져나갔다.

"서울 간사한 것들이 비만 오믄 풍년이라고 새살을 깐다더니 허우대는 멀쩡해갖고 선무당 꾀춤 추는 꼴새라니."

영심이 남자의 뒤통수에 대고 중얼거렸다. 영심의 눈에는 그 남자가 수다스럽고 간사한 서울 사람 같았던 모양이었다.

아침 밥상을 준비하려던 사람들과 식당에서 하루 장사를

위해 시장을 나왔던 이들이 얼추 빠져나가자 재래시장 통로
가 휑했다. 한바탕 북새통을 치른 영심은 전기 패널이 깔린
바닥에 그제야 궁둥이를 붙일 수 있었다. 콩나물 세 통과 꼬
막 네 자루 등을 비워낸 참이었다. 그에 비해 영심의 가게 옆
에 나란히 붙어 있는 경주상회나 다른 가게는 콩나물 반 통
정도를 겨우 팔았다. 이런 현상은 환갑이 가까워져가는 영심
이 스물세 살부터 재래시장에 몸을 섞은 이후로 계속되어왔
던 풍경이었다.

입구에 자리한 영심의 가게를 시작으로 식료품 가게들이
즐비하게 늘어선 재래시장 그 맞은편엔 대형마트가 자리 잡
고 있었다.

옷차림새가 비교적 깔끔하다 싶은 사람은 마트로 들어서고
들에서 일하다 온 것 같은 차림새는 재래시장 입구에 있는 영
심의 가게부터 들렀다. 이곳 토박이들은 재래시장에 먼저 들
러서 푸성귀를 비롯한 생선 종류를 사고 가는 길에 마트에 들
러 화장지 등을 사는 식이었다. 반면에 월급 생활을 하거나
단출한 살림을 하는 사람은 마트에서 포장된 식자재와 생필
품을 사는 경향으로 나뉘었다. 영심이 상대하는 사람들은 주
로 이곳에서 농사를 짓거나 식당을 하면서 오랫동안 자리 잡
고 사는 사람들이었다. 서로가 안면이 많아서 편하다 못해 손

에 든 것이 무겁다며 영심의 좁은 가게 패널 바닥에 엉덩이를 붙였다 간들 눈총 쏠 일이 없고 또 호들갑 떨어 반기지도 않아서 그리 부담이 없는 관계들이었다.

영심이 가게에 들른 사람은 하나같이 부드러운 말 한마디를 영심한테 들어본 적이 없었다. 하물며 시장을 보다가 돈이 부족해도 단돈 천 원을 빌릴 수 없었다. 빌려달라고 했다가 퇴짜 맞은 사람이 더러 있었다. 그런 사람은 일정 기간 동안 영심의 가게에 발을 붙이지 않다가 얼굴을 잊을 때쯤에는 여지없이 발걸음을 다시 하곤 했다.

영심이 뜨끈뜨끈한 패널 바닥에 앉아서 잠깐 누워볼까 하는데 그동안 많이 봐줬다는 듯이 기침이 몰아쳐서 나오기 시작했다. 집을 나설 때 약을 먹고 왔어야 했음을 뒤늦게 생각했어도 빈속에 열 알이 넘는 약을 삼키고 난 뒷감당이 성가셨다. 시장기가 들기도 했지만 그렇다고 식욕이 와락 달려들지도 않았다.

하루 세 끼니를 식당에 의존해서 먹는데 그때마다 먹고 싶은 것이 없어 난감했다. 영심이 그 곤란함에 또다시 빠져 있는데 전화벨이 울렸다.

"영심아! 한가한데 밥이나 먹자이. 아이고 차암, 두부 한 모만 갖고 온나."

영심의 가게 세 칸 너머에서 생선 장사를 하는 선우 엄마였다.

영심은 가게 문을 열어둔 채 꼬막을 두어 그릇 비닐봉지에 담아서 두부 두 모까지 들고 생선 가게로 갔다. 몇 명 되지 않을 뜨내기손님은 주인이 없으면 다른 가게에서 필요한 것을 살 것이고, 더 많은 사람들은 영심이 보이지 않으면 생선 가게로 고개를 들이밀고 영심을 찾을 것이다. 영심이 식사 시간에 가게를 비우면서도 조바심을 치지 않는 이유였다.

"생태가 눈을 떴다아 감았다 하는데 으찌께나 성성한 것이 들어왔길래 생태찌게를 했다. 아이, 그란데 누가 을마나 먹는다고 꼬막을 이케 많이 갖고 왔냐!"

아들 선우 때문에 또 생긴 울화증을 쏟아내고 싶은지 선우 엄마는 여느 때와 다르게 서두가 길었다.

"꼬막이 제철 아니요."

"그라제이잉. 뜨건 물에 사리살짝 디쳐서 피가 질질 나오는 놈을 씹어 먹을라치믄 그 쫄긋쫄긋한 맛이 청상과부 거시기 맛보다 좋다 안 하든."

선우 엄마가 뱉어내는 것을 받아줄 사람이 필요한 때임을 영심의 귀가 알아들었다.

"그놈의 과부 소리는 수십 년 듣고도 징상스럽도 않으요?"

"그랑께 말이다아. 과부를 과부라고 하는데 과부가 뭣이락 하겠냐. 애리고 쓰린 것은 과부 속사정이고, 그란데 나는 이케 성성한 생태만 보믄 이문 냄길 생각부텀 드는 것이 아니고 니 생각부터 들더랑께. 아이, 먹어봐라이. 얼크은 할 것이다 아!"

영심이 텔레비전 채널을 이리저리 돌리고 있는 사이에 선우 엄마는 좁은 패널 바닥에 올려놓은 밥상에 김치와 멸치조림을 갖다 놨다.

"와따아! 참말로, 정신이 뽈깡 드는 것 같으네. 썩을 놈의 감기를 냅다 걷어차불 것 같으요."

선우 엄마가 자주 끓여주는 생태찌게는, 영심의 지친 설움 달래주는 토닥임이기도 했고 긴 가뭄 끝에 내리는 단비가 되어주기도 했다. 오늘의 생태찌게는 감기를 낫게 해주는 약이었다.

"맛나냐? 니가 등치는 황소 같아도 속은 허한께 이르케 뜨겁고 얼큰한 것이 입에 땡기는 것이여. 떡 본 짐에 지사 지낸다고 해장술 한잔해부끄나?"

선우 엄마는 마시다 둔 소주를 들고 와서 대접에 따르더니 영심에게 권해보다가 혼자서 들이켰다. 휑한 빈속에서 뜨거운 덩어리가 숨구멍을 찾아 빙빙 돌다가 급하게 뛰쳐나온 것이 한숨임을 선우 엄마 자신도 모르게 영심에게 일러주고 있었다.

"손자며느리는 맘에 듭디여?"

며칠 전에 선우 엄마가 손자 결혼식 때문에 서울 아들네 집에 다녀온 후로 묻지 못한 소식을 영심이 물었다.

"초상집에서 밤새 울고 나서 누가 죽었냐고 한다더니 빨리도 물어본다이잉."

"그랑께, 그새 메칠이나 지나부렀소이."

"내 속으로 깐 새끼도 내 맘대로 못 하는 것인데 한 다리 건너 천 리라고 두불새끼가 내 맘에 들고 자시고 할 것 있겄냐. 즈덜만 잘 살믄 되제."

선우 엄마 속을 뒤집어놓은 이들은 아들 외에 손자까지 다양했던 모양이다.

"현준네 엄매가 죽어서 서울서 내려왔단 말 들었냐?"

끓는 속을 다스리는 데 소주 두어 잔으로는 가당치 않은지 선우 엄마는 얼른 다른 말을 꺼냈다.

"현준네 엄매라아?"

영심에게는 그 이름이 손에 쥐어진 것 같으면서도 아련했다.

"아, 느그 뒷집에 살던 현준이 말이다아!"

선우 엄마는 영심이 현준이라는 이름을 금방 알아듣지 못하는 것이 어이없었고 영심 또한 그런 자신에 대해 뒤늦게 놀랐다.

"장례를 치를라믄 시장에는 와야 할 것인데에⋯."

현준이 영심의 눈에 띄었을 때 영심의 반응을 짐작할 수 없는 데다가 그 파장이 작지 않을 것이라는 걱정을 선우 엄마는 진즉부터 하고 있었던 모양이었다.

현, 준, 오, 빠.

영심은 선우 엄마가 끓여준 생태찌게를 오늘처럼 맛없게 먹다 만 것은 처음이었다.

또래 여자애들이 새치름하게 갈래머리를 땋고 중학교 다닐 때 영심은 어미를 따라 남의 집 뒷설거지하러 다니던 시절부터 뒷집 현준 오빠를 좋아했다. 혼자서.

아쉬운 것 없이 풍족하게만 살아온 현준은 영심이처럼 늘 아쉽고 불편한 게 많은 사람들의 처지를 모르쇠 하지 않았다. 영심의 어미에게는 벼랑 밭 반 뙈기 농토조차 없는 데다 남편도 없이 동네 사람들의 몸종처럼 살면서 사 남매를 키우다보니 식구들은 늘 배가 등가죽에 붙어 있다시피 했다. 영심의 그런 처지를 잘 아는 현준은 학교 가는 길에 심부름 다녀오던 영심을 만나면 종이에 싼 누룽지를 쥐여주기도 하고 제사 모신 날에는 곶감이나 한과를 내밀기도 했으며 귀해서 구경도 해보지 못한 귤을 두 개씩이나 건네주기도 했다. 게다가 현준은 학교 오가는 길에서 영심을 만나면 언제든 자전거를 태워줬다.

현준의 친절은 비단 영심에게만 국한되지 않았다. 집에서 일하는 사람이라든가 현준과 가까운 누구에게나 해당되었다. 그러나 유독 영심에게 현준의 마음 씀씀이가 크고 귀하게 느껴진 것이 탈이라면 탈이었다. 현준은 속 모양이 그토록 고운데다 허우대까지 일품이었다. 알랭 들롱이라는 프랑스 배우가 현준 옆에 설라치면 〈노트르담의 곱추〉라는 영화에 나왔던 앤서니 퀸의 볼품없는 입성으로 보일 것이라 영심은 생각했다. 영심은 현준 오빠처럼 멋있는 남자를 본 적이 없었다.

영심이 현준 오빠를 해바라기하게 된 것은 어쩌면 당연지사인지도 모른다. 언감생심이 아니라.

점심때가 지나서도 날씨는 얼굴을 펼 줄 몰랐다. 여럿이 왁자한 웃음을 터트리듯 함박눈이 쏟아질 것 같았지만 잘게 부순 얼음을 품은 바람만 몰아대고 있었다.

"고추가 물에 둥둥 떠댕기는 꿈이 좋은 것이여, 험한 꿈이여?"

늦은 점심으로 국밥을 시켜서 선우 엄마랑 먹던 영심이 물었다.

"글씨이, 고추라믄 태몽인데… 니한테 태몽이 꿔질 리는 읎고 비가 와서 어쨌다고? 비는 눈물이 어짠다고 하던데에… 아이고오, 고것이 바로 개애꿈이라는 것이다!"

선우 엄마가 심각하게 해몽을 하다가 장난스럽게 개꿈이라고 얼버무렸던 이유는, 분명 좋지 않은 꿈이기 때문이라 영심은 짐작했다.

영심은 감기로 며칠째 잠을 설치고 몸이 천근만근처럼 무거운 데다 기분까지 축 처져서 그런지 평소에는 신경도 쓰지 않던 꿈자리까지 더듬고 있는 자신이 새삼 어이없었다. 몸 깊은 곳에서 생기는 한기가 약으로도 잘 다스려지지 않기 때문일 것이라고 영심은 그렇게 단정 지었다. 오슬오슬 춥고 눕고만 싶은 이 상황을 버텨내려면 찬 바람이라도 덜 들어오게 문이라도 닫고 있을까 싶다가 이내 그만두고 들어오는 냉기에 몸을 맡기고 있었다. 뒤로 오는 호랑이는 속여도 앞으로 오는 팔자는 못 속인다는 선우 엄마 말이 문득 영심을 가로막았기 때문이었다. 그랬다. 그때의 일들은 그냥 우연히 겹치는 상황이 아니라 언제고 일어날 수밖에 없었던 자신의 처지였고 조건이었다고 영심은 생각했다.

현준이 고등학교를 서울에서 다니게 되었다는 소식을 듣자 영심은 조바심이 났다. 현준 주변에 있고 싶었다. 그래야 했다. 언제부터인지 자신의 존재 이유는 현준의 눈에 띄기 위해서였다. 목표가 분명해진 영심의 행동이 야물어졌다. 영심은 곧바로 현준의 하숙집 주소를 알아냈다.

영심은 어미한테 서울로 돈을 벌러 가겠다고 했다. 식구들 한 끼 해결이 벅차기만 했던 어미는 무척이나 반겼다. 영심은 현준의 하숙집 근방의 공장들을 훑었고 버스 일곱 정거장 위치에 있는 전자제품 공장으로 들어갔다. 영심은 현준이 학교 가고 없는 시간을 골라서 현준의 하숙집을 다녀가곤 했다. 현준의 책상을 닦고 또 닦았다. 책도 닦아서 반듯하게 세워뒀다. 현준의 깨끗한 구두도 윤기 돌게 닦아서 눈길을 받도록 놔둬야 안심이 되었다.

현준이 대학을 가느라 하숙집을 옮기자 영심은 직장을 가발공장으로 옮겨서 그전처럼 현준의 하숙집을 다녔다. 어쩌다 영심의 예측이 빗나가서 현준과 마주치게 될 때면 현준은 고맙다며 극장 구경이라도 같이 가자고 했다. 영심은 그때마다 야근이나 특근이 있다고 도망치듯 내뺐다.

그래서 영심은 혼자서 수백 번도 넘게 되새김질했던 얘기를 현준에게 한 번도 건네본 적이 없었다. 이를테면 국화 꽃

잎을 따서 만든 밀전병이 맛있었냐고 또는 감색 손수건에 네 잎클로버를 수놓은 것은 예뻤냐고 물어보지 못했다. 영심이 새 모이 나르듯 현준의 하숙방에 갖다 놓은 군입거리들이 현준의 집에서 늘 올려 보내는 간식거리보다 괜찮아 본 적이 없을 것이고 자신이 짠 목도리나 스웨터는 비싸게 팔리는 질 좋은 제품들과 어깨를 나란히 할 수 없음을 영심은 미리 알았지만 자신의 마음을 접지 못해 그러기를 반복하고 있었다.

현준에게는 쓰레기와 다르지 않을 영심의 정성을 그동안 받아줘서 고마웠다는 편지를 노란 손수건에 쓰게 된 것은 현준이 약혼했다는 사실을 뒤늦게 알았기 때문이었다. 현준에게는 영심이 마음을 접든 돌리든 상관이 없었겠지만 영심 자신한테는 확인을 해두고 싶었다. 마지막 발걸음이라는 사실을.

영심이 자신의 모습과 닮은 것 같은 코스모스가 그려진 포장지에 싼 손수건을 현준의 하숙방 문 앞에 놓고 나가려는 참에 아들한테 들렀던 현준의 어머니와 부딪치고 말았다. 그때 현준 어머니는 예전의 뒷집 아주머니가 아니었다. 일찍 철들었다고 영심의 머리를 쓰다듬어주던 그런 손길은 더더욱 아니었다. 마치 현준 어머니 자신의 시앗을 본 듯했고 머리끄덩이를 가만두지 못하겠지만 아들 혼사라는 좋은 일 앞두고 흉

한 일에 손 묻히고 싶지 않아서 좋게 보내는 줄 알라고 손수
건을 되돌려줬다. 그때까지도 영심은 현준한테 하고 싶었던
말의 만분의 일도 못 되는 작은 조각을 전하려 했던 행위가
잘못되었음을 몰랐다.

며칠 후에 고향에 있던 오빠가 영심이 일하는 공장으로 찾
아왔다. 오빠는 영심을 보자마자 가타부타 한마디 하지 않고
머리채를 휘어잡고 끌었다. 기차를 타고 버스로 갈아타고 고
향 집으로 오는 내내 영심은 오빠한테 손목을 붙잡혀 있었다.

고향 집 대문을 들어서자마자 오빠는 윗도리를 벗어서 내
던지고 본격적으로 영심을 패기 시작했다. 여러 사람 신세 조
지게 하는 머리통은 작살내야 한다며 영심의 머리를 수도 없
이 벽에 찧었다. 낯짝을 들고 살지 말라며 따귀도 얼마나 맞
았는지 감각도 없었다. 영심이 숨이 끊어지기 직전까지 오빠
가 손찌검과 발길질을 하면서 쏟아내던 말들을 통해서 비로
소 영심은 알았다. 현준에게 전해야 할 말은 그동안 고마웠다
라고 해야 할 것이 아니라 정말 미안했다라고 했어야 함을.

영심은 오빠에게 죽지 않을 만큼 맞은 후로는 말이 없어졌
다. 하고 싶은 것도 없었고 더구나 해야 할 일이 있는지도 모
르게 되었다. 끼니때 밥을 할 줄 몰랐고 또한 억지로 떠먹이
지 않으면 밥을 먹지도 않았다. 하루 종일 그때 그 손수건을

허리 뒤춤에 감추고 꼼지락거리는 것 외에는 아무것도 하지 않았다. 동네 사람들은 영심이 오빠한테 머리를 많이 맞아서 정신이 돌았다고 했다.

옆집 살던 선우 엄마가, 생선 팔러 가는데 같이 가볼래? 하고 지나가는 말로 건넸더니 영심이 뜻밖에 고개를 끄덕였다. 영심이 재래시장에 몸을 섞게 된 것은 그때의 일이 있은 지 1년이 훨씬 지난 뒤였다.

영심이 1년 365일 동안, 가게 문을 닫는 날은 열 손가락 안으로 꼽혔다. 시장 상인협회에서 1년에 한 번 하는 단합대회에도 회비만 내고 가게 문을 닫아건 채 쉬는 때라든가 몸살 때문에 운신할 수 없는 하루 정도였다. 그나마 오일장이 서는 날은 새벽에 나서지 않고 남들 출근하는 시간 정도에 나가서 여유 있게 장사를 시작하는 것으로 영심에게는 쉬는 짬이 생겼다.

영심이 굳이 쉬는 날 없이 가게 문을 여는 데는 악착같이 돈을 벌고 싶어서라기보다는 가게 나와서 움직이는 것 이외는 별로 할 일이 없거나 딱히 하고 싶은 무엇이 없어서였다. 딸린 식구가 있다면 그에 따른 설거지로 크고 작은 일이 생길 테지만 영심에게는 딸린 혹도 없었다.

경주상회를 비롯한 다른 가게들보다 일찍 문을 여는 것도 마찬가지 이유에서였다. 선우 엄마처럼 쓸고 닦는 데 재미를 느끼는 것도 아니고 그렇다고 경주상회 여자처럼 찍고 바르고 치장하느라 늦은 시간에 가게 문을 열 이유는 더구나 없었다. 영심은 누웠던 자리에서 옷만 걸치고 나와서 가게 문을 열어놓고 세수를 하면 그뿐이었다. 하다못해 얼굴에 바르는 로션도 환절기에 생기는 각질이나 가릴 요량이지 피부 관리 차원이 아니었다.

재래시장에서 제일 먼저 문을 열고 가장 늦게 문을 닫는 이가 영심이었다. 그 덕에 다른 가게들보다 돈은 더 번 셈이었지만 영심이 정신을 잃을 때까지 몽둥이를 휘둘렀던 오빠가 집 산다고 빌려달라고 해서 송금해주고, 언니 딸이 유학 가는 데 돈이 부족하다고 해서 보태주고, 이혼해서 애들하고 길바닥에 나앉게 생긴 여동생 뒤치다꺼리하다 보니 통장이 배불러 있을 시간이 없었다. 금방 갚을 것처럼 돈을 가져간 피붙이들은 갚은 적이 없었고 영심 또한 그 돈을 급하게 가져올 일이 생기지 않아서 굳이 달라고 해본 적이 없었다.

영심은 피붙이 외에는 누구에게도 천 원짜리 한 장 빌려주지 않았다. 앉아서 빌려준 돈 서서 받는다는 속설 때문이라기보다 누구와 엮이는 것 자체가 귀찮아서였다. 콩나물 천 원어치를 외상으로 줘본 적이 없어도 손님이 끊이지 않고 북적이는 데는 영심이 다른 가게와는 비교도 안 되게 싸게 팔기 때문이었다. 그리고 사람의 신용 관계도 태반이 돈과 관련이 많은데 영심이 도매업자들에게 줘야 할 외상이 없는 것도 거래 물목을 최대한으로 간단하게 꾸린 결과였다. 경주상회 물건이 200가지가 넘는다면 영심의 가게에 진열된 품목은 50가지도 채 되지 않았다. 그러니까 농사짓는 사람들이 일상적으로 찾는 종류만 갖춰놓았다. 영심은 적은 돈으로 많이 살 수 있는 물건을 싸게 많이 팔았다. 다른 사람들이 호박 굴릴 수 있는 날을 기다리느라고 여러 날을 공칠 때 영심은 공치는 날 없이 날마다 좁쌀을 굴리는 식이었다.

영심이 마트에 있는 자판기에서 생강차를 두 번째 빼 와서 홀짝이고 있는데 옆 가게 경주상회에서 시끄러운 소리가 들려왔다.

"다 썩어서 못 먹을 것을 번개 씹하대끼 얼렁뚱땅 담어준 것이 누군데 인자 와서 못 바꿔준다는 것이여! 앞에서 얼르고 등치는 심뽀가 아니고 뭐냐 말이여?"

"멀쩡한 물건을 갖고 가서 못 쓰게 해놓고는 바꿔주라믄 나는 흙 파다가 장사하는 줄 알고 초상에 개 잡는 소리여!"

"워메 워메! 사람 환장하겄네에. 하늘은 속여도 사람은 못 속이는 법인데 어지께 사 간 버섯이 먹을라고 본께 여름도 아닌 동지섣달에 흐물흐물 물러 있더란 말이여어! 그것이 양가죽 쓰고 개고기 파는 짓이제 뭣이여! 갈포래로 귀신을 속이제 내 눈은 못 속이제, 아믄!"

"이놈의 여편네가 터진 주둥아리라고 말 살에 쇠뼈다귀 같은 소리도 다 말인 줄 알고 망둥이 뛰듯 염병하고 자빠졌네."

소가 궁둥짝에 들러붙는 쇠파리 쫓아내느라 기운 없이 궁둥이 쪽으로 쇠꼬리를 간혹 살짝 들어 올리듯, 영심에게는 경주상회에서 벌어지고 있는 상황이 시끄럽다기보다는 귀찮은 소리로 들렸다.

경주상회 여자한테 분명 무슨 일이 생긴 모양이었다. 상황이 이 정도 되면 미안하다 한마디 하고 물건을 바꿔주면 그 사람이 단골이 될 수 있음을 모를 리 없을 텐데 오가는 사람들 귀에다 얕은 상술을 광고하면서 동네 굿을 하고 있었다. 경주상회 털보가 외박을 했든지 아니면 그새 또 다른 여자와 눈이 맞았든지 하는 일이 생긴 것 같았다. 그런 일로 재래시장 통로를 지나는 사람들에게 입가심을 만들어줬던 게 불과 며칠이 지나지 않았는데 말이다.

경주상회 여자는 바람기 잘 날 없는 남편 털보 때문에 늘 사흘 굶은 시어미 상호를 하고 있었다. 시장 안의 치마 두른 여자라면 거의 모두가 경주상회 여자한테 의심을 받지 않은 사람이 없을 정도였다. 하다못해 시장번영회 총무를 맡은 털보가 번영회 회비 걷느라고 영심의 가게에 들어와도 경주상회 여자는 가게 밖에서 감시를 하는 형편이었다. 털보에 비하면 영심은 어머니에 가까운 나이 차이가 있을 뿐만 아니라 본디 누구에게랄 것도 없이 붙임성 있게 대하지 않은 성격임에도 그런 눈길을 받았다. 지키는 놈이 열이라도 하려고 덤비는 한 놈을 못 당하는 것처럼 그 여자의 철옹성 같은 감시에도 빈틈이 있는지 털보는 잘도 빠져나가서 사건을 만들곤 했다.

털보로 말할 것 같으면, 키 큰 놈치고 마누라 덕으로 살려고 하지 않은 놈이 없다는 비아냥거림을 온몸으로 받고 사는 사내라고 봐야 했다. 사람들이 그러거나 말거나 털보 자신은 항상 편안했고 또 자신의 그 편안함을 만나는 사람마다 전해주는 편이었다. 그래서인지 사람들은 털보가 남의 사정 특히 과부 사정 봐주다가 잡놈 되었다고들 했다.

"워메에! 이년이 콩노물 풀어서 돈 쪼깐 번 모양이구마안. 사람을 되고 치네에!"

"오냐, 콩노물 풀어서 돈 잔 벌었는데 이쁜 서방 혼자 쓰고 자빠졌응께 배알이 꾀드라. 그랑께 이참에 니 주둥치 조사놓고 나도 돈 잔 써볼란다 어쩔래!"

경주상회 여자가 내뱉은 악다구니가 영심의 귀에 도착하는
가 싶더니 고무 통이 엎어지고 유리 깨지는 소리가 동시에 들
려왔다.

철퍼덕! 쨍그랑!

"워메에! 동네 사람더얼! 이년이 사람 죽이네에!"

경주상회 여자는 백 원, 이백 원짜리 모은 것을 만 원짜리
로 써버릴 심산인지 엎어진 갯나물 더미에 자빠져 있는 여자
의 머리채를 쥐고 흔들었다. 방어를 하는 여자는 어떻게든 맞
붙어보려고 하지만 경주상회 여자의 옷자락도 거머잡지 못
하고 두 손만 허우적대다가 옆에 있던 영심이 가게 꼬막 고무
통을 움켜잡아 상추를 담아놓은 상자가 꼬막들과 뒤엉켰다.

"이것이, 뭐언 염병이여어! 쌈을 할라믄 즈그 집구석에서
하든가 즈그 집 살림을 뿌스든가 하제 어쨌다고 넘의 애먼 살
림을 깨고 지랄이여 지랄이이!"

사람만 죽지 않으면 구경 중에 싸움 구경이 제일 재미있다
는 표정으로 사람들이 몰려들어도 영심은 그런 호기심마저
심드렁해서 앉은자리를 벗어나지 않고 있다가 꼬막이 든 고
무 통이 엎어지는 소리에 벌떡 일어나서 고함을 내질렀다.

"워어따아! 고래등 같은 기와집 서까래를 건들었으믄 참말
로 사람 잡겄네에! 뵈기 싫은 나그네 골골마다 만난다등마는

저리 잘난 꼬막 멫 주먹갖고 껑겨들기는 껑겨들어!"

경주상회 여자는 이전의 상대가 너무 냠냠해서 쓰다 만 기운이 넘치는지 기력을 제대로 쓸 수 있는 상대로 영심을 선택한 듯싶었다.

"미친년이 얌전 뺀다 하더니. 아이 썩을 년아, 내가 너한테 밥을 주락 하든 떡을 주락 하든. 어째서 노무 밥그럭을 깨고 지랄이냐 말이여어!"

영심의 오른손이 경주상회 여자의 머리채를 순식간에 잡아채더니 앞뒤로 몇 번 흔들다가 휙 하고 앞으로 떠밀어버리자 경주상회 여자는 길바닥에 맥없이 나뒹굴었다. 그러거나 말거나 영심은 오른손 엄지와 검지로 코를 잡고 코를 탱 풀고 바지춤에 손을 쓱쓱 문지르며 다시 가게 안으로 들어섰다. 힘도 써보지 못하고 나가떨어졌던 경주상회 여자가 잽싸게 일어나서 영심의 뒤통수 머리카락을 두 손으로 움켜잡았다. 영심은 얼결에 경주상회 여자가 잡아끄는 대로 뒷걸음질로 주춤주춤 끌려가다가 큰 키의 장점을 적극 활용하여 다시 경주상회 여자의 머리카락을 움켜잡고 낮은음으로 윽박질렀다.

"미칠라믄 곱게 미처라아. 애먼 사람 잡고 염병 말고오!"

기댈 데가 없어서 모든 일을 혼자서 감당하느라 저절로 키워진 영심의 기운을 경주상회 여자는 당해내지 못하면서도 계속 엉겨들었다.

"오냐, 그래 미쳤다 어짤래? 복 쪼가리라고는 손톱만치도 없어서 니년 옆구리에서 콩노물 폴다가 하루에도 오장이 수십 번 까지다 본께 곱게 못 미치겄다, 이년아! 니년이 내 단골을 다 뺏어가는데 내가 곱게 미쳐지겄냐아? 오늘은 아주 사생결단을 내야제, 못 해먹겄다아. 오장 까지는 것도 하루 이틀이제 인자는 니가 죽던지 내가 죽던지 해봐야 쓰겄다아!"

경주상회 여자는 영심이 머리채를 잡고 흔드는 대로 이리저리 휘둘리면서도 그동안 쌓인 분풀이를 하고자 했지만 유리한 전세를 만들지 못했다.

"으따아! 참말로오, 잔 비키쇼오! 사람덜이 말이여어. 유제서 항군에 사는 사람덜 인심 아니오. 쌈이 났으믄 말려야제 뭔 존 구경났다고 눈구녁 뽈깡 뜨고 쳐다만 보고 있단 말이여! 아이, 미친년아아! 그케도 기운 쓸 데가 없어서 오는 사람 가는 사람 다아 모태놓고 기운 자랑하니라고 굿 뵈고 자빠졌냐아!"

선우 엄마가 사람들로 에워싸진 틈을 비집고 들어오면서 소리치더니 영심의 손을 때려서 경주상회 여자의 머리채를 쥐고 있는 손가락을 풀었다. 영심은 선우 엄마가 잡아끄는 대로 끌려 나오면서 헝클어진 머리칼을 매만지느라 고개를 들

었는데 한 무더기 인파 속에서 영심의 눈으로 쏜살같이 달려
드는 얼굴이 있었다. 고만고만한 사람들 무리에서 머리 하나
가 유독 도드라진 위치에 선 두 눈빛이 영심의 눈에 박혔다.

순간, 영심은 긴가민가했다. 찰나였다. 아주 잠깐 알록달록
했다가 멈춘 듯 느리기만 했던 60여 년의 시간들이 영심을 훑
으며 스쳤다. 영심은 꼿꼿하게 선 채로 정신을 잃은 듯했다.

"옛말 한나도 그른 것 읎어야. 상놈은 나이가 벼슬이라 안
하든? 낫살 먹은 니가 참어야제 울고 짚어서 환장하겠다는
애기 같은 사람하고 항군에 붙어서 그라믄 종당에는 너만 우
사스럽게 된다는 것을 모르냐야? 가가 부리는 포악이 하루 이
틀도 아닌 것은 이 바닥에 훤한데 뭣 났다고 염병을 항군에
하고 자빠졌나야! 저런 악종 옆에서 장사함시로 잘도 참는다
했더니 오늘은 뭔 일로⋯."

선우 엄마가 영심을 생선 가게로 끌고 와서 긴 말, 짧은 말
을 섞어서 늘어놨지만 영심의 귀에 들어오는 말이 없었다. 오
직, 38년 만에 본 현준 오빠의 놀란 눈동자만 어른거릴 뿐이
었다.

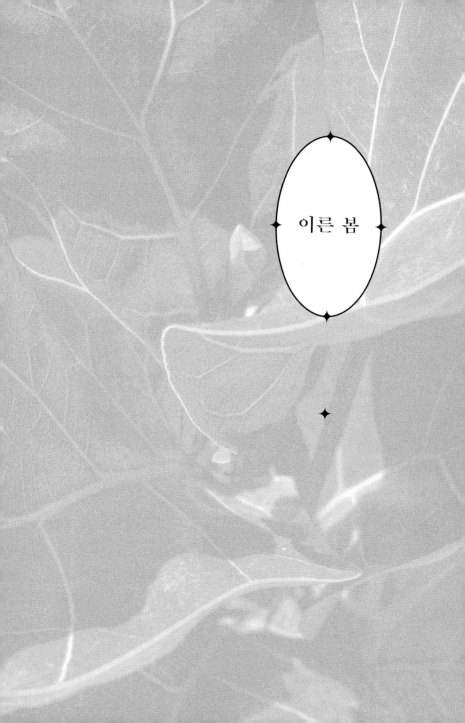

이른 봄

귀숙은 새벽 4시에 일어나서 서둘렀다.

어제저녁 물에 담가뒀던 찹쌀을 끓이고 멸치젓을 달여서 생강과 젓갈을 김장 김치 때보다 넉넉하게 넣고 배추를 버무렸다. 끝으로 깨소금을 손바닥에 으깨서 겉절이 위에 뿌린 후 서너 번 가볍게 뒤적였다. 잘 삭아서 단내가 나는 멸치젓과 톡톡 튀게 알싸한 생강 냄새가 지금쯤 부엌 겸 현관을 넘어 시어머니의 입맛을 부채질하고 있을 터인데도 5시가 넘도록 기척이 없다.

시어머니와 남편 그리고 희연이까지 모두가 겉절이를 유별나게 좋아했다. 그래서 귀숙은 김장 김치가 반동이쯤 남아 있을 때부터 겉절이가 떨어지지 않게하고 봄을 맞았다. 겉절이를 담근 날은 온 식구가 이마에 송골송골 땀을 흘리면서 밥

한 그릇을 순식간에 비워내곤 했다.

5시가 넘자 마음이 바빠진 귀숙은 식구들을 깨우려다 다른 때보다 이른 밥상이라 겉절이가 아니라 겉절이 할아버지라도 남편과 희연의 혓바닥을 달래지 못하리라 싶어 디포리를 우려내 콩나물김칫국을 끓였다. 시계는 5시 30분을 넘어서고 있었다.

학교 가려면 아직도 멀었는데 깨운다고 징징대는 희연을 잡아끌어서 목욕탕으로 밀어 넣은 후 딸과 비슷한 태도를 보이는 경석의 팔뚝을 서너 차례 꼬집어서 밥상 앞에 앉게 했다.

"아따아! 뭣을 어짠다고 새북부터 사람을 볶아싼가아?"

눈꺼풀을 열지도 못한 채 하품으로 벌어진 입을 겨우 다물면서 경석이 짜증을 냈다.

"밤새 곡하다 누가 죽었냐 한다더니 벌부터는 품 난께 오늘은 벨일 있어도 뒤엄을 다 내야 한다고 몇 번을 말합디요!"

귀숙은 밥상에 수저를 놓으면서 머릿속으로는 굼뜬 남편을 움직이게 할 수 있는 것이 채찍일지 당근일지 가늠해보면서 대꾸했다. 몸은 늙었어도 입맛까지 기운을 잃은 게 아니라서 채신머리없이 들썩이는 후각을 단속하느라 애쓰고 있는 시어머니를 귀숙이 불렀다.

"어머니이, 진지 잡수쇼오."

"겉절이 했냐?"

시어머니는 자신의 품위를 손상하지 않았다는 만족한 표정을 만들며 몸놀림은 빠르게 밥상 앞에 앉았다. 멸치젓갈의 자극이 귀숙보다 훨씬 더한 시장기를 느끼게 했다.

귀숙과 시어머니는 손가락을 빨아가면서 겉절이 맛을 빠른 박자로 즐기고 있는데 경석과 희연은 숟가락도 들지 않고 귀숙한테 저항했다. 귀숙은 그 둘의 손에 숟가락을 쥐어 주었다. 그러자 희연이,

"엄마, 나 밥 안 먹고 잠 더 잘라네."

동시에 할머니한테 구원 신호로 애처로운 눈빛을 보냈다. 할머니는 늘 아깝기만 하고 짠한 손녀의 구원 요청에 금세 방패를 만들었다.

"아야, 내가 이따가 밥 멕여서 학교 보낼란다."

귀숙은 희연을 째려보는 것으로 시어머니의 방패를 걷어치웠다. 초등학생이 된 다음에도 응석으로 모든 것을 해결하려는 희연의 의타심이 만들어지기까지는 시어머니의 공로가 컸다.

박자와 리듬이 달랐던 식구들의 아침 밥상을 대충 치운 귀숙이 시계를 보니 6시 30분이 골인 지점이라도 되는 양 바늘

이 힘껏 달리고 있었다. 배곯아본 적 없는 한량처럼 밥상을 물린 경석이 커피를 기다리는 눈치였지만 귀숙은 경석을 앞장세웠다.

트럭이 축사에 멎자 소들이 우르르 문 앞으로 몰렸다. 자동차 소리만 듣고도 주인임을 알아채는 것이다. 성미 급한 수놈들은 그새를 못 참고 난간을 들이받았다. 30마리 소들의 입을 막으려면 사료 포대를 다섯 번은 날라야 하는데 기다림에 익숙하지 않은 수놈들은 앞발을 난간에 걸쳐놓고 금방이라도 뛰쳐나올 기세였다. 그러나 경석은 아직 축사에 발을 들여놓지 않고 있었다. 분명 차 의자에 기대어 코를 골고 있을 것이다. 뭉그적거리는 경석을 끌고 오는 것보다 귀숙 자신의 몸뚱이를 서둘러 움직이는 것이 차라리 나았다. 귀숙이 수놈들 앞으로 사료 포대를 갖고 오자 아예 물어뜯을 것처럼 달려들었다. 배고픔은 순하던 암소까지 사납게 했는지 먹이 앞에 급하지 않은 소가 없었다.

흥분해서 날뛸 것 같던 소들이 잠잠해지자 귀숙의 콧잔등에 맺힌 땀방울은 이른 아침의 한기가 차라리 시원했다.

귀숙은 트럭 문을 열고 운전대의 클랙슨을 힘껏 눌렀다. 경석은 놀라지도 않고 게슴츠레 눈꺼풀을 열었다.

"은제 다 치울라고 이라고 있는고오?"

"새털같이 많은 날에 오늘 못 하믄 낼 하제 뭣이 걱정인가?"

"워메에! 내가 품 갚으러 가고 나믄 이녁 혼자서 잘도 하겠소. 순단이 바느질하대끼 해놀람시로. 얼른 나오란 말이요!"

"하기 싫어서 하는 말이 아니라아 누가 요새 쇠스랑질해서 뒤엄을 낸당가!"

하면서 경석은 담배를 꺼내 물었다. 일을 시작하려는 자세가 아니라 공격을 피하려는 너스레였다.

"이라고 노닥거리는 새에 한 칸은 진작 치웠겠소!"

귀숙은 내 배 속에서 나온 새끼라도 된다면 등짝이라도 후려치고 싶다는 말을 목젖으로 되넘기면서 남편의 담배가 꽁초가 될 때까지 주먹 쥐고 튀어나오려는 울화를 겨우 붙잡고 있었다.

"이쪽 칸부터 치게 소는 마당으로 몰아놓고 경운기 갖고 오쇼!"

귀숙은 그야말로 지시를 하고 쇠스랑을 들고 축사 안으로 들어갔다. 어느새 말끔하게 비어 있는 여물통을 배가 덜 찬 주둥이들이 핥고 또 핥는다. 참기름이라도 발라놓은 것처럼 윤기가 좌르르하던 소 궁둥이들이 하루가 다르게 푸석푸석해지고 있었다. 털이 푸석푸석해질 정도면 무게는 그보다 훨씬 심각하게 줄었으리라. 무게가 값이 되는 비육용 소들이건 내

일모레 새끼를 낳아서 번식의 의무를 충실히 해줄 소들이건 간에 살 빼기를 견디고 있었다. 동네에서 같이 소를 키우고 있는 찬욱네는 어쩔 수 없다면서 이틀씩 굶기면서 짚이나 썰어주고 있다지만 귀숙네는 차마 그렇게는 못 하겠기에 시늉만 내는데도 사룟값 독촉에 시달려야 했다.

귀숙은 윗돌 빼서 아랫돌 막고 아랫돌 빼서 윗돌 막으면서 견디다 보면 소 값이 제자리를 찾을 것이라는 기대를 하고 있었다. 국내 생산량보다 수입량이 늘어난 현실적인 상황을 구체적으로 따지기보다는 9년 장마에 해 안 드는 날 없고 10년 가뭄에 비 안 뿌리는 때 없다는 막연한 기다림이었다. 그러면서 소를 팔지 못하게 했다. 아니 할 말로 부모 공양보다 더한 정성을 들여서 키운 소를 어떻게 송아지로 샀던 시세로 팔겠냐고. 언제는 농축산물이 항상 제자리를 지키고 있었냐고. 들쭉날쭉하면서 사람 애간장 다 녹이는 것이 농사꾼들이 가꾼 것들 아니었냐고.

경석의 생각으로는 수입할당량이니 하는 조건들로 봐서 소 값 제자리 찾기는 죽은 손자 고추 만지는 격이었다. 작년 여름에 소 값이 서서히 지고 있을 때, 단순한 비수기가 아닌 것 같은 불안한 기운이 느껴져서 비육용 소를 몇 마리 팔아서 연체이자라도 막자고 귀숙을 슬쩍 떠봤다. 예상했던 대로 귀숙은 초 친 새우 뛰듯 경석을 알건달로 몰아세웠다.

"게으른 놈 곶감 빼 먹대끼 하다가 빚은 어찌케 갚을라고, 시방 누워서 떡 먹겠다고 설치는 것이요? 그것이 바로 갈치가 지 꼬랑지 잘라 먹는 모양새라는 것을 알랑가 모르겄네!"

철없는 어린애 나무라듯 했다.

그나마 밑천을 유지하려면 시세가 더 지기 전에 몇 마리라도 팔아야 한다는 것이 경석의 판단이었지만 귀숙은 철옹성처럼 버티고 있었다.

"으따아! 참말로오, 아침부터 사람 속을 여러 불로 지지요 이!"

담배만 축내면서 몸뚱이를 움직이지 않는 경석의 게으름을 더 이상 봐줄 수 없다는 귀숙의 앙칼진 재촉이었다.

"똥 싼 놈 뭉치대끼 하고 있지만 말고 얼른 이 칸부터 소를 마당으로 모란 말이요오!"

귀숙으로서는 소들을 한쪽으로 몬다는 것이 그야말로 '무섬증'이었기 때문에 별수 없이 남편의 손을 빌리려는데 그럴 때마다 오장육부가 뒤틀렸다.

귀숙은 모든 일이 제 손만으로도 후딱후딱 처리가 되었으면 싶지만 농사를 짓고 소를 키우는 일이 남편 손이 없으면 안 되는 때가 너무 많았다. 이런 일만 하더라도 막대기 하나

집어 들고 소 궁둥이를 찰싹찰싹 때려주면 소들은 한쪽으로 방향을 잡기 마련이고 그때 얼른 문을 걸어 잠그면 되는, 아주 손쉬운 일인데도 여자인 귀숙은 할 수가 없었다.

그날도 두엄을 내느라고 경석이 소들을 한쪽으로 몰아가고 있었다. 옆에서 보고 있던 귀숙은 저렇듯 간단한 일을 나라고 못할까 싶어서 경석이 들고 있는 막대기를 뺏어서 그대로 해봤다.

귀숙은 워워워! 하면서 소 궁둥짝을 타닥타닥 건드렸다. 소들이 정말로 귀숙이 가라는 대로 순순히 따랐다. 우쭐했다. 귀숙 자신보다 몇 배나 되는 덩치를 회초리 같은 막대 하나로 마음대로 다룰 수 있다는 뿌듯함이 흔히 느껴볼 수 없는 별미처럼 귀숙을 들뜨게 했다.

'니미랄 것, 이르케 손쉬운 것을 갖고 별 유세를 다 떨었구만!' 하면서 귀숙이 경석을 향해 콧방귀를 가볍게 날려줬다. 경석은 멀찌감치 서서 빙긋 웃어가며 엄지손가락을 세워 제법 잘하고 있다는 신호를 보내더니 담배를 한 대 태워 물었다. 편하게 앉아서 구경 좀 해보겠다는 것이었다.

귀숙이 번식용 암소를 마당으로 몰아내고 그 다음은 비육용 수놈들의 칸을 열어서 타닥타닥 방향을 잡아줬다. 소 궁둥이를 보고 있던 귀숙은 비누칠해서 씻어준 것도 아닌데 털이 어쩌면 이렇게도 반들반들할까 싶어서 소꼬리를 손으로 쓰다 듬었다. 그러자 소꼬리가 달라붙은 파리를 쫓는 것처럼 귀숙의 얼굴을 찰싹 때렸다. 귀숙이 "오메!" 하면서 뒷걸음질을 하려는 순간에 소 뒷발이 귀숙의 아랫배를 걷어찼다. 귀숙이 재미있어 하는 모양을 한가롭게 구경하고 있던 경석이 놀라서 "어!" 하는 사이에 귀숙은 한 묶음의 짚단처럼 두엄에 처박혀 버렸다.

귀숙은 자신의 몸에서 작살난 아기집이 꺼내지고 허리뼈까지 수리된 뒤에야 그 사실을 기억할 수 있었다.

"워워, 느그덜 방 청소할랑게 마당에서 쪼깐 놀고 있어라이."

경석은 막대기 하나를 들고 노련하게 대여섯 살 어린애 다루듯 소들을 몰았다. 이럴 때 귀숙은 일상적으로 조바심이 묻어 있는 자신의 잰 손놀림과 달리 경석이 하는 일은 드물면서 결정적인 마무리가 될 수 있는 것에 억울함이 느껴지곤 했다.

경석이 소들을 마당으로 몰아 여유 있게 문을 걸어 잠그고 경운기를 몰고 올 양으로 축사 밖으로 나가자 귀숙이 해야 할 일이 창창하게 열렸다.

사지육신 움직여서 하는 일에는 이력깨나 붙었고 또 못 할 일이 없는 귀숙이었지만 한숨이 절로 나왔다. '희연이 아빠 말대로 굴삭기로 해야 될랑가?' 했지만 '말 사면 종 부리고 싶다 하는데 있는 말도 팔아야 할 판에 뭔 호사를 누리겠다고. 눈이 게으른 것이제!' 귀숙은 쇠스랑 날을 요리조리 움직였다.

소 궁둥짝만 한 넓이를 파 젖히는데 온몸이 땀으로 범벅이된 것은 아무것도 아니게 숨이 턱까지 차올랐다. 소똥이고 사람 똥이고 가릴 경황이 없이 그 자리에 벌렁 눕고만 싶었지만 쇠스랑을 내려놓고 자루를 깔고 앉아 가쁜 숨을 몰아쉬었다. 귀숙의 가쁜 숨이 제 박자를 찾아 얼굴에 편안한 기운이 감돈다 싶을 때 후끈한 두엄 냄새에 담배 냄새가 겹쳐서 귀숙의 코앞으로 달려들었다. 귀숙이 입구 쪽으로 고개를 돌려보자 경석은 오도카니 서서 담배만 빨고 있었다. 담뱃재가 떨어지지 않고 길게 붙어 있었다.

"앞산 불구경하고 있는 모양이네?"

귀숙은 울컥하는 심사를 토했다. 그때야 경석은 스적스적 귀숙의 옆으로 와서 쪼그리고 앉았다.

"것 보게. 굴삭기로 해야 된당께는."

"게으른 놈 낮잠 자기 좋게 비가 온다등마는 굴삭기가 딱 그짝이랑께."

"게으른 것이 아니고 인간의 한계라고 할 수 있겠제."

"음마! 게으른 손 때릴 생각은 안 하고 문자 써서 덮어불라고만 하네이."

"소 한두 마리 킬 때랑은 상황이 다르다는 것을 생각해야
제. 꼬부랑 함마니들도 농사 비용 들여서 시난고난 농사짓느
니 품삯 일 해서 돈 버는 것이 실속 있다는 것을 계산함시로
사는 시댄데 효율성이라는 것을 따져봐야제에!"

"그렇게 멋진 효율성으로 따지믄 농사를 안 짓는 것이 그중
효율성이 높겠구만!"

귀숙이 고집을 접으니 경석은 읍으로 굴삭기를 부르러 갔
고 그동안 귀숙은 축사에 새로 깔아줄 짚을 절단기로 잘라놓
아야 했다.

귀숙은 볏짚을 날라다 쌓아놓고 절단기로 자르는 일이 소
꿉놀이마냥 가벼워서 일에 가속도가 붙었다. 절단기로 잘라
놓은 짚 더미가 경운기로 두 번 나를 정도로 쌓여도 경석이
오지 않았다.

"철이 없어도 분수가 있어야제, 또랑새비도 석삼년이믄 시
엄이 돋고 쌍놈은 나이가 벼슬이라는데 이 썩을 놈에 종자는
은제나 철이 들랑고오. 서방이 아니라 웬수여 웬수!"

귀숙의 머릿속에서는 경석이 읍에서 또 우연히 누군가를
만나 뜬금없는 술판을 아침부터 벌이고 있었다. 경석은 자주
그랬다. 참말로 반가운 사람을 오랜만에 우연히 만나서 할 말

이 많았고 그러다가 해야 할 일을 깜빡 잊었다고.

귀숙은 시계를 연신 들여다보면서 그동안 미뤄뒀던 축사 주변을 치웠다. 사료와 등겨를 재놨던 자리에는 온 들녘의 쥐들이 다 모여서 동네를 일궈놓은 터마냥 살림이 각가지다. 새 둥지처럼 짚을 모아 정성 들여 지은 자리를 귀숙이 들춰내자 쥐들이 혼비백산 내뺐다. 새끼를 한 마리라도 더 구하려는 어미 쥐는 생쥐를 입에 물고 내달리는데 또 한 마리의 생쥐는 어미 쥐의 꼬리에 매달려서 안 떨어지려고 필사적으로 용을 쓰고 있는 폼이 귀숙의 입가에 웃음을 머물게 했다. 생명을 가진 모든 새끼는 똑같이 그 생김새가 귀여운 데다 어미의 보호본능이 사람이나 미물이나 똑같다는 생각이 들자 그것들을 빗자루로 때려잡지는 못한 채 우두커니 보고 있었다.

또 한 움큼의 짚 더미를 들춰보니 어미 배 속에서 나온 지 얼마 되지 않은 쥐새끼들이 아직 눈도 뜨지 못한 채 어미 쥐가 피신하고 없는 위기 상황을 감지하지 못하고 그대로 웅크리고만 있었다. 어미 꼬리에 매달려서 내빼던 조금 전의 생쥐들의 앙증맞음과는 다르게 물기가 채 마르지도 않은 핏덩어리들이 살아서 꿈틀대는 모습에서는 소름이 오싹 끼쳤다. 순간 귀숙은 이것들을 어떻게 처리해야 할지 난감해졌다. 쥐도 몰리면 뒤돌아서 달려든다 했는데 도망갔던 어미 쥐가 금방이라도 달려들어서 발꿈치를 물 것만 같았다. 그렇다고 이것들이 번식을 거듭해서 아까운 사료를 축내라고 그냥 놔둘 수는 없었다. 어떻게든 처리를 해야겠기에 부르르 떨면서 빗자루로 손 삽에 밀어 담아 아까부터 쓰레기를 모아두었던 더미에 던져버렸다.

귀숙이 쥐들의 살림살이를 거의 없애고 나자 쥐들과 공생하던 쥐 이들이 복수를 하는지 귀숙의 몸뚱이 여기저기를 물어뜯으면서 귀찮게 했다. 귀숙은 가려움을 해결해볼 참으로 근처 도랑으로 내려갔다. 아직 본격적인 농사철이 아니라서 도랑물은 깊은 산중의 옹달샘처럼 정갈했다. 꼬리만 생긴 올챙이들이 귀숙에게서 위험을 발견했는지 사방으로 흩어졌다.

올챙이 몇 마리를 잡아서 희연에게 갖다주면 귀숙의 볼에다 몇 번이고 입을 갖다 댈 것이라는 생각이 들자 귀숙의 손은 올챙이들을 잡으려고 텀벙거렸다. 손바닥만 벌리면 서너 마리는 쉽게 잡힐 줄 알았는데 어린 생명은 잘도 내뺐다. 어떻게든 발은 빠지지 않고 잡아보려 했는데 올챙이가 잡아끄는 것처럼 첨벙 빠지고 말았다. 순간 귀숙의 입에서 "썩어 자빠질 놈!", 욕이 튀어나오며 경석이 아직도 오지 않고 있었다는 사실이 새삼스럽게 떠올라 읍 쪽으로 고개를 돌려보지만 경석의 트럭은 보이지 않았다.

"염병, 천병할 놈. 술독에 처빠져서 매꾸라지맨치로 멱 감고 있겄제. 읍내 네거리에서 쪽박 차고 앉아서도 술만 보믄 정신을 못 차릴 위인이제. 딱 고런 팔자가 지 팔자인 위인인데 어쩌자고 눈까풀이 뒤집혀갖고. 으이구, 징그러 징그러어!"

이렇듯 입으로는 남편의 불성실함을 씹고 되씹으면서도 손으로는 올챙이를 쫓던 귀숙이, 이만하면 됐다 싶게 올챙이를 잡았다.

귀숙이 집으로 이어지는 큰길을 따라 걷다가 읍 쪽으로 힐끗 고개를 돌려보니 멀리서 경석의 트럭이 굴삭기를 실은 덤프트럭을 안내하며 달려오고 있었다. 귀숙은 오기가 들 대로 들어서 경석이 오고 있는 큰길과는 다른 논두렁을 타고 집을 향해 걸었다. 경석이 귀숙을 봤는지 클랙슨을 울렸다. 귀숙은 모른 척하고 가던 길을 계속 가고 있는데 경석이 연신 클랙슨을 울려댔다. 굴삭기 기사 때문에 더 이상 모른 척할 수가 없어진 귀숙이 뒤돌아보니 경석이 차 밖으로 손짓을 해서 오라는 시늉을 했다.

귀숙은 "썩을 놈아 염병도 엔간히 해라!" 하고 중얼거리면서 경석을 향해 발길을 되돌렸다.

"해도 아직 안 졌는데 어찌케 벌써 왔으까?"

귀숙이 배배 꼬인 소리를 했다.

"이것이 뭔 줄 아는가아?"

경석은 트럭에 실은 짐들, 그러니까 모래와 시멘트 철망 따위를 가리키면서 슬쩍 귀숙의 성난 뿔을 한 토막 잘라냈다. 귀숙은 '이 웬수가 또 뭔 사고를 칠랑가?' 하는 걱정을 하면서도 표는 내지 않았다.

"할 일 없은께 넘 집 짓어줄 모양이제?"

"맞네. 집을 짓을라네."

"…?"

"개집을 짓을라네."

"…?"

'이쁘지 않은 며느리 달밤에 삿갓 쓰고 나온다등마는.'

귀숙은 혼자서 입속말을 중얼거렸다.

"얼른 가서 술참 좀 갖고 오게."

"점심은?"

"선국이랑 먹었네."

'니 배 속 따땃한께 여편네 배창시는 끓는지 타는지 안중에도 없겄제!'

귀숙은 그나마 허기지게 매달려 있던 기력이 땅속으로 다 빠진 것처럼 몸이 무거웠다. 더구나 자신한테는 일언반구 의

논 한마디 없이 또 갑자기 개집을 짓겠다고 일을 저지르고 있는 것이다.

귀숙은 자신이 사는 꼴을 들여다보니 호적상으로만 경석의 아내일 뿐 실상은 머슴도 상머슴에 불과한 밭두렁 등신이었다. 삼백예순 날에서 삼백 날을 넘게 밭고랑을 기어 다니고 소똥을 치우고 살아도 빚더미 속에서 다리 한번 제대로 펴보지 못하는데 서방이라는 작자까지 흘리고 다니는 일거리가 발에 채여서 지 맘대로 나오는 숨도 조절해서 쉬어야 할 판이었다. 무엇보다도 들에서 자신의 삭신을 굴리는 만큼 빚이 줄어야 마땅한 이치인데 빚덩이는 몸뚱이를 더 굴려 커져만 가니 환장할 노릇이었다. 대출받아서 이자 막고 다시 대출받아서 연체이자 막았다. 폭우로 방죽 둑이 무너졌는데 귀숙 자신은 무기력하게 호미 자루만 만지작거리고 있는 꼴이었다.

이자를 못 낼 때마다 땡전 한 푼 없이 농협에 연체이자 막으러 가야 하는 경석의 심정이 어쩔까 싶어 귀숙 자신은 쪼그리고 앉아 오줌 누는 시간조차 쉬고 있는 것 같았다. 미안한 마음에 허둥대다 집에 와보면 경석은 농협 일은 보지도 않고 술에 떨어져서 코를 골고 있곤 했다. 분명 보증 세울 사람을 찾지 못해서 그랬으리라 짐작을 하면서도 그때마다 남편이 초라해 보이기도 했다가 원망도 되었다. 장작개비로 흠씬 패면서 어째서 이렇게도 못났냐고 고래고래 소리치고 싶었지만 차마 그렇게는 못 하고 눈물만 비치곤 했다.

귀숙은 점심때 구우려고 냉동실에서 내놨던 갈치를 다시 냉동실에 넣어두고 아침에 먹던 콩나물김칫국을 대충 찬기만 가시게 데워서 밥을 말아 먹었다. 다 먹었다고 숟가락을 놓았지만 배 속은 허전했다. 배 속으로 밥이 들어갔는지 뒤틀리고 찢어진 자신의 오기가 들어갔는지 맥이 없다. 몸살기가 온몸을 더듬는 것처럼 나른해왔다. 쪼그리고 앉아서 밥을 먹던 자세 그대로 모로 누워서 눈을 감았다.

경석이 소를 몇 마리라도 팔자고 할 때만 해도 기회라면 기회였는데 깨진 유리 조각을 들고 피를 질질 흘리고 있는 꼬락서니가 억울하다 못해 어이가 없었다. 더구나 날이면 날마다 신문이고 텔레비전에서 '축산농가 폐농위기, 제2의 소값파동!' 떠들어대면서 오히려 폐농과 파동을 무책임하게 선동하고 있는 꼴이었고 그런 외침이 반복될수록 소 값은 태풍에 감 떨어지듯 했다. 자신의 운명도 끈 떨어진 뒤웅박처럼 아찔한 물속으로 곤두박질치고 있었다.

귀숙은 한참이나 눈물을 쏟아내고 수선스럽던 정신이 가라앉자 현관 앞에 놔뒀던 올챙이 생각이 났다. 올챙이들은 비료포대 안에 가둬진 처지를 모른 채 냇물에서 노닐던 모양 그대로 한가로웠다.

귀숙은 대접에다 물을 새로 받아 올챙이들을 옮기고 희연의 책상 위에 과자 한 봉지와 올려놨다. 희연은 숙제도 미뤄두고 장난감 어항에다 올챙이들을 다시 옮겨주고 과자를 나눠 먹을 것이다. 언젠가 희연이 "엄마, 강아지는 어떻게 생겨?" 하고 묻길래, 귀숙은 엄마 개와 아빠 개가 짝짓기를 해서 생긴 거지 하면서 무심코 자상하게 대답을 해줬다. 그 후부터 희연은 엄마 아빠는 언제 짝짓기를 할 거냐고 동생 타령이 잦았다. 딸의 동생 타령을 귀숙은 이렇듯 곤충이나 어린 동물을 잡아다 안기는 것으로 때우고 있었다.

귀숙은 동네 상점에 들러 빵과 사이다를 사서 축사로 갔는데 굴삭기는 없고 축사 마당 한 귀퉁이에서 경석이 삽질을 하고 있었다. 귀숙은 굴삭기가 고장 났으까, 하며 한 짐이나 되는 불안을 안고 경석이 엎드려서 꼼지락거리는 곳으로 갔다. 그 잘난 개집을 짓는 모양이었다.

귀숙이 뒤에 와 있는 것을 알았는지 경석이 느닷없이 "여그다 짓을라네" 했다.

"…."

"선국이를 못 만났으믄 차려논 밥상도 못 찾아 먹을 뻔했당께!"

경석이 귀숙한테 하는 결과 보고였다.

귀숙은 궁금증을 내쳐 잘라버렸다.

"개! 하믄 우리 진도가 아닌가아. 군청에서 우리 군에 맞는 특화사업을 적극적으로 육성한다고 광고를 해서 지원자가 다 차분 것을 선국이가 사업상 군청 산업과장하고 친한 덕택에 사정사정해서 나를 끼게 해줬당께. 선국이 고것이 술태백인 줄만 알았더니 빽이 솔찬하더라고!"

"…."

"자부담은 하나도 없고 백 프로 융잔데 지원자가 을마나 많었겄는가?"

경석은 배경이 든든한 선국을 안 덕에 낙타가 바늘구멍이라도 통과한 양 들떠 있었다. 썩은 동아줄에 매달려 있다가 가늘지만 새 동아줄에 희망을 걸게 되었으니 이제부터는 불행 끝 행복 시작이라는 것이었다.

"갱아지 한 마리에 백만 원짜리도 있다는 말 들어봤는가?"

"…."

"에미 개만 존 놈으로 켜서 새끼만 제대로 만들믄 노다지 아닌가?"

'가그들은 금을 멧 냥씩이라도 물고 나오는가?'

귀숙은 속도 조절 없이 내달리기만 하는 경석의 쭉정이 같은 희망에 일단 정지신호를 보내고 싶었지만 아직은 혼자서만 정지선을 밟기로 했다. 경석이 날이면 날마다 방구석에서 물줄기를 찾느라고 담배를 피워대더니 아예 엉뚱한 데서 석삼년 가뭄 뒤의 물줄기를 발견한 모양이었다. 그러나 그 물줄기는 귀숙의 타는 속까지 적셔주지 못하는 경석만을 위한 것이었다.

"내중에 선국이한테 갱아지 한 마리 존 놈으로 줘야겄당께."

'무수씨 뿌리면서 동치미 국물을 이녁 혼자 한 동우는 마시고 있구마안.'

귀숙의 생각으로는 경석이 혼자 벌써부터 가슴에 얹혀 있던 것이 뻥 뚫리는 동치미 국물을 동이째 들이켜고 있었다. 동치미 국물이 사실 맹물인지 농약인지 따져보지도 않고 목이 타는 갈증에 눈이 먼 것 같아 불안하기 짝이 없었다.

"소는 당분간 팔지 말고 개가 새끼 낳든 그것으로 사룻값을 충당하세. 개 벌이도 지대로만 되믄 짭짤하다 그러드라고."

'새끼 낳는 갱아지도 있답디여! 갱아지를 켜서 새끼를 볼라믄 일 년은 켜야 한다는 것도 모르고 개를 킨다고….'

"개 키는 일이사 사료만 주믄 된께 자네가 손댈 일은 한나도 없을 것이네."

'그것도 매칠이겄제!'

소를 처음 키울 때도 영락없이 경석이 그렇게 말을 했다. '사료 주고 뒤엄 내주고 나믄 땡인데 나긋나긋 운동 삼아서 하제'라고. 그러나 지금은 축사에 두엄을 내리려면 귀숙이 경석을 아주 여러 번 다그쳐야 성사되고 있었다.

귀숙이 옆에 와서도 가타부타 묻지도 않고 우뚝하니 서서 내내 대꾸가 없자 경석은 삽을 내려놓고 담배를 꺼내 물더니 그 자리에 앉았다.

귀숙은 빵이 든 비닐봉지를 경석에게 던지듯 안겨주고 축사 안으로 들어갔다. 그야말로 똥 싸고 밑 안 닦은 꼴이었다. 새로운 희망을 만드느라고 급했는지 아니면 귀숙의 몫으로 남겨둔 일감인지 뒷정리는 고스란히 귀숙을 기다리고 있었다.

'염병, 천병하다 자빠질 놈! 각시는 우라지게 생각한당께!'

귀숙은 팔팔 끓는 자신의 속에다 경석을 넣어서 삶아내도 그 속이 가라앉지 않을 성싶었다. 귀숙은 끓는 속내를 애써 다잡으면서 축사 일을 마무리 지어야 했다. 그렇지 않으면 소들은 축사 마당에서 오들오들 떨면서 밤을 새워야 하리라.

귀숙은 우선 녹음기를 틀었다.

"누우굴 기다리나아 낭랑 십팔세!"

〈낭랑 18세〉가 중간부터 흘러나왔다. 귀숙은 자신을 대신해서 소리 좀 질러대라고 녹음기의 음량을 최대한으로 올렸다. 온 들녘이 '낭랑 18세'로 꽉 찼다. 낭랑 18세는 귀숙의 숨소리까지 먹성 좋게 먹어치웠다. 그러자 귀숙의 사지는 낭랑 18세처럼 가볍고 빠르게 움직이기 시작했다.

"뻐칠 때는 음악이 최고제!"라며 경석이 박자를 빠르게 조작해놨기 때문에 아무리 애절한 노래도 이 녹음기에만 들어오면 힘이 넘치는 젊은 노래로 변했다. 게다가 무엇을 더 달아서 설치했는지 음량을 높이면 마을회관 확성기보다 소리를 멀리 보냈다.

녹음기에서는 〈남행열차〉가 급행열차보다 빠르게 달리고 있었다. 귀숙의 손도 급행열차 못지않게 달렸다. 〈여자의 인생〉의 절절함도 정열적으로 토해졌다. 굵고 편리한 남자의 인생처럼.

녹음기가 〈낭랑 18세〉에서 〈여자의 인생〉까지 몇 번을 반복했는지 귀숙의 귀가 먹먹해져서 아무 소리도 들리지 않을 지경이었을 때, 누군가가 귀숙의 어깨를 툭 쳤다. 귀숙이 흠칫 놀라 고개를 들어보니 경석이었다. 뭐라고 소리를 치면서 경석이 일하던 장소를 가리켰다. 뭘 도와달라는 시늉 같았다. 귀숙은 경석을 눈으로 한 번 째려보고 하던 일을 계속했다.

불난 속에 온풍기 돌리지 말고 어서 꺼지라는 대답이었다. 경석은 엉거주춤 서 있다가 더 이상 채근하지 않고 터덜터덜 축사 밖으로 나갔다.

귀숙은 경석이 축사 밖으로 나간 것을 보고 녹음기를 껐다. 그러자 쉬익쉭 바람 소리며 부우욱북 황소개구리 소리, 무엇보다도 음머음머하며 소들이 끼니때를 알리고 있었다. 축사 마당을 보니 아까는 여기저기 앉아서 졸고 있던 소들이 서성거리고 있었다. 경석이 망치로 쇠파이프를 타앙탕! 박는 소리가 유독 크게 들렸다. 귀숙은 '그 속에도 끓는 것이 있어야제!' 하며 경석을 다시 한번 쏘아보고는 축사 일을 얼추 마무리했다.

귀숙은 축사 바닥에 등재며 짚까지 깔고 여물통에는 사료를 퍼놓고서야 걸어놨던 문고리를 풀었다. 소들은 여물통으로 우르르 몰려와서 허겁지겁 먹어댔다. 어미가 젖을 떼려고 자꾸만 궁둥이를 이리저리 돌려대는 통에 배를 곯고 있는 송아지 세 마리도 주둥이를 내밀어보지만 어른 소들한테 자꾸 밀린다. 귀숙은 못 볼 것을 보고 만 것처럼 몸을 돌렸다.

새로 찾은 물줄기가 경석의 굼뜬 궁둥이를 토닥여주는지 경석이 부지런하게 움직였다. 경석은 잡종이 섞이지 않은 혈

통이 좋은 개라야 한다면서 어미 개 한 마리에 70만 원씩, 강아지도 한 마리에 20만 원씩을 주고 사 왔다. 배짱 좋게 500만 원의 융자금을 개 사는 데 다 밀어 넣었다.

경석이 개를 사 온 지 열흘 후에 어미 개들을 족보가 있는 수놈과 짝짓기를 시켰다. 한 마리 개를 짝짓기하는 데 5만 원씩이나 지불하면서 기대에 부풀었다. 이제 두 달 후면 뼈대 있는 가문의 강아지들이 태어나게 되는 셈이었다.

가을마당에 참새 날아들 듯 경석이 모처럼 만에 축사를 뻔질나게 드나들었다. 무엇보다도 희연이 한꺼번에 동생이 몇 명이나 생긴다며 개 출산 날을 헤아려가면서 달력에 'X' 표를 만들어갔다. 귀숙 또한 희연이 만들어놓은 개 출산 달력에 눈이 자꾸 쏠렸다.

짝짓기를 했던 개들의 배가 제법 불러온다 싶을 즈음부터는 경석의 고유한 일감이라고 선을 그어놨던 일거리에 귀숙이 서서히 손발을 들여놓게 되었다. 소들에게 물을 줄 때 개들도 물을 먹어야 하지 않겠나 싶어지면서 물그릇을 채워놓곤 했다.

희연이 달력에 표시해놓은 'X' 표가 열 개 남았던 장날에 귀숙은 식구들 군입가심으로 튀밥을 튀기러 갔다. 사람들이 붐비는 시간에 맞춰졌는지 귀숙의 차례가 되려면 한참이나 걸리겠기에 뒷사람한테 자리를 당부해놓고 반찬거리나 사려고 줄을 빠져나오는데 맞은편의 가축 장이 눈에 들어왔다. 귀숙은 무언가에 끌리듯 가축 장으로 발을 옮기고 있었다.

이제 막 젖을 뗀 강아지들이 뼈대 있는 가문들을 자랑하고 있었다. 그 뼈대 있는 가문이 얼마씩에나 팔리는지 궁금했다. 그러나 사지도 않으면서 얼마씩에 매매가 되는지 선뜻 물어보지 못하고 있는데 '요새도 저렇게 입고 댕기는 사람이 있네!' 싶게 수염을 길게 늘어뜨리고 두루마기를 정갈하게 입은 노인이 가축 장에서 나오고 있었다. 오른손에는 지팡이를 짚고 왼손으로는 강아지 한 마리를 옆구리에 안고 있었다. 노인의 가문은 뼈대가 굵은지 모르겠지만 강아지의 가문에는 의심이 가는 몰골이었다. 귀숙은 노인네가 동무 삼아 키우려고 한 마리 산 모양이라고 짐작했다.

"어르신. 그 갱아지 을마나 주고 사셨습니까?"

"허어참! 아짐씨이, 내가 요놈을 산 것이 아니고 폴라고 나왔시다. 허어차암! 요놈을 삼천 환 준다 안 하요! 허어참!"

"예에에?"

"지 에미젖을 쉰 날을 넘게 먹은 요놈이 글쎄 한 입가심도 안 되는 시발낙지 한 마리 값이라 합디다. 허어차암!"

그 순간, 뒤에서 튀밥 튀기느라 뻥! 하는 소리에 놀라서 귀숙은 주저앉을 뻔했다. 맑은 하늘에 별이 번쩍번쩍하는 그 사이로 축사의 배부른 개들이 휘익 지나갔다.

"막걸리 한 사발에 안주로 시발낙지 한 마리랑 요놈하고 바꿔 먹어도 막걸리 한 사발 값은 더 내게 생겼시다!" 하는 노인네를 뒤로 한 귀숙은 튀밥 튀기는 곳으로 돌아와 쪼그리고 앉았다. 머리가 메추리알만 한 세발낙지들이 온몸에 달라붙어서 꿈틀거리는 것 같아서 몸서리가 쳐졌다. 귀숙은 세발낙지들을 피해보려고 벌떡 일어섰다. 눈에서 세발낙지가 핑그르 돌더니 무릎이 탁 꺾였다.

"젊은 사람이 어째 이라요?"

뒤에서 차례를 기다리던 여자가 귀숙을 얼른 붙잡았다. 귀숙은 튀밥이고 뭐고 얼른 집으로 가야 했다. 찬욱네가 소를 팔러 오는데 경석의 트럭에 싣고 온다고 했기 때문에 그걸 말려야 했다. 소시장에 경석이 발을 들여놓지 않게 해야 한다는 생각으로 꽉 찬 귀숙의 입에서는 연신, "희연이 아빠! 희연이 아빠!" 하는 소리가 흘러나왔다. 영락없이 정신을 놓은 사람이 하는 헛소리였다.

"젊디젊은 각시가 워째 이랑고오!" 하는 소리가 들리면서 사람들이 기웃기웃 모여들었다. 귀숙은 어서 빨리 이 자리를 빠져나가야겠다는 생각이 간절한데 다리가 세워지질 않았다.

귀숙은 바로 옆의 나이 든 여자한테 부탁했다.

"아짐, 쩌어그 꽃 그려진 보퉁이 잠 갖다주쇼."

"워메! 정신이 있었는갑네에?" 하면서 쌀이 든 보퉁이를 귀숙의 손에 쥐여주었다. 그러자 몇 겹으로 몰려 있던 사람들이 별일 아니구나 싶었는지 하나둘씩 빠져나갔다.

"희연이 엄마, 뭔 일이요?"

찬욱이 사람들을 비집고 와서는 귀숙의 어깨를 잡아 일으켰다. 이미 소시장에 와 있던 찬욱이 사람들이 몰려 있는 것을 보고 구경거리인가 싶어 고개를 내밀어본 모양이었다. 찬욱을 본 귀숙은 반가움보다는 찬욱과 같이 왔을 경석을 찾느라 두리번거렸다. 찬욱이 벌써 알아챘는지, "경석이는 모종에 물 준다고 소만 내려주고 갔어라" 했다.

찬욱은 오토바이에 귀숙을 태워서 모종밭으로 갔다. 찬욱이 귀숙을 보듬어서 경석의 트럭에 내려놓자 경석이 뛰어왔다. 찬욱이 경석에게 "얼른 병원으로 가봐라" 하고는 오토바이를 돌려 읍 쪽으로 내달렸다.

경석이 "어째 그랑가?" 하면서 눈이 동그래졌다.

"…"

큰 바늘이 엉덩이뼈 근처를 후비는 것 같은 통증이 몰려와서 귀숙은 이를 앙다무느라고 대답을 할 수가 없었다.

"어디가 아픈가? 다쳤는가? 어째 그래?"

경석이 다급하게 여러 가지를 물었다.

"안 아퍼어… 으으음."

귀숙이 겨우 얼버무렸다.

"안 아프다고?"

경석의 눈은 아까보다 더 커지면서 되물었다.

"몰라아!"

악으로까지 치닫는 통증을 누르며 귀숙이 그렇게 내뱉었다.

"병원으로 가세!"

경석이 차에 오르면서 말했다.

"안 간당께!"

귀숙이 소리를 꽥 질렀다. 강아지 값이 날아다니는 곳으로 남편을 가게 할 수는 없었다. 얼마 만에 찾은 물줄기인데, 얼마 만에.

"장에는 뭣 할라고 가쌓는가!"

경석이 엉뚱한 소리를 내질렀다.

귀숙은 남편이 야단스럽지 않은 것이 참으로 다행이라는 생각을 하면서 눈을 스르르 감았다.

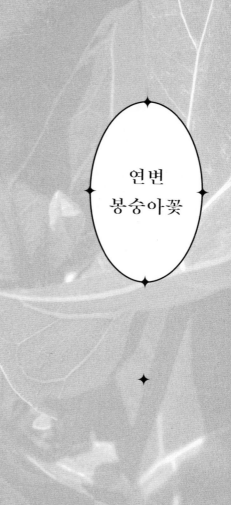

연변
봉숭아꽃

―니 꼬락서니가 똑 내 신세로구나야아.

순정이 혼자서 웅얼거렸다.

토방 아래쪽 화분에 심어놓았던 봉숭아가 거의 죽다시피 늘어져 있다. 순정의 입에서는 저절로 안타까움이 밀려 나왔다. 안방에 누워만 지내던 순정이 일주일 만에 현관문을 열고 나온 터였다.

순정이 토방에 걸터앉아 무심하게 마당에 눈길을 건넸다. 장독대 주변에 꾸며놓은 화단의 봉숭아와 채송화는 그런대로 꿋꿋하게 여름 땡볕을 견디고 있다. 화분에서 자라고 있는 천사의 나팔과 봉숭아는 잎이 바스라질 것처럼 말라가고 있다. 뿌리가 깊지 못한 화분의 봉숭아가 순정 자신의 모습과 다르지 않아 보였다.

순정은 죽어가고 있는 화초들에게 물을 뿌려 주려고 일어섰다. 마당이 순식간에 휙 돌면서 봉숭아 화분이 자빠진 것 같았다. 순정은 토방 마루에 텅 소리가 나도록 다시 주저앉았다. 무릎은 세워지지 않았고 어지럼증은 한동안 이어졌다. 순정이 어지럼증을 다스려보려고 눈을 지그시 감았더니 마당은 가만있는데 자신의 몸이 회오리바람 위에 얹어진 것처럼 혼자서 돌았다.

감고 있는 순정의 눈가에서는 가느다란 물줄기가 만들어지더니 천천히 볼을 타고 내려왔다. 앞산의 그늘이 길게 늘어진 해거름이었지만 땡볕에 덥혀진 양철 지붕에서는 아직도 열기를 내뱉고 있었다. 살짝 얌전해진 여름 햇살이 순정의 오른쪽 뺨에 잠시 머물다 내려간 다음에도 순정은 앞산 중턱에 시선을 던져놓은 채였다.

—간나새끼야! 어마이보다 한 살 아래 사우한테 내레 뭐라 그러네에!

한국에서 연변으로 순정을 만나러 온 학수 씨를 따라가겠다고 했더니 친정어머니가 그랬다. 사위 하겠다는 사람의 나이가 열여덟 살이나 많다고 순정을 말렸다. 그러나 순정은 나이 많은 사람한테 의탁하고 싶었다. 순정에게 쌀밥 못지않게 허기지게 한 것이 아버지의 정이기도 했다.

순정이 예닐곱 살부터 쉰 살이 다 될 때까지 두 명의 동생은 순정의 수고로 배를 채우려 했다. 친정붙이들이 따라올 수 없는 곳으로 내빼고 싶었다. 게다가 그 사람은 교육공무원 생활을 하다가 퇴직했다지 않는가.

— 니 아바이래 참말로 가관이었지비. 인간 말쫑 중에 상말 쫑이었지 않나베. 낯짝이 허여멀건한 거이 영축 없는 백설기라. 기라죽한 손구락은 에미나이보다 고와서리 흙 묻히는 거를 질색팔색하면서 그늘에 앉아서 하모니카만 불어댔지비. 그 꼬락서니 보고 있을라치믄 저절로 명이 단축되지 않고는 못 배기지비. 성질이 불같던 니 외할바이가 난중에는 동네 사람들 우사시러버서 니 아바이 등을 떠밀지 않았간. 아이고야! 건달도 상건달이라 어이구우!

날라리 청년 하나가 북경에서 연변 친척집에 콧바람 쐬러 왔다가 한 처녀에게 콧김을 한 번 넣었는데 순정이 태어났단다. 날라리 청년은 북경으로 줄행랑을 쳤지만 순정의 외할아버지한테 뒷덜미를 잡혀서 연변으로 끌려왔더란다. 걸음마를 시작한 순정이 어쩌다 아버지의 바짓가랑이라도 잡을라치면 아버지는 소스라치게 놀라서 뒷걸음치거나 귀신 쫓듯 윽박지르는 시늉을 해서 어린 순정에게 무섬증을 줬다고. 거부의 몸

짓을 일찍 알아챈 어린것이 아버지 주변에서 맴도는 초상집 개 비실대듯 하더라고 외할머니가 푸념하곤 했다.

순정의 기억에 아버지는 사촌보다 먼 친척처럼 명절에 얼굴 한 번 내밀고 다시 안 보이는 사람이었다. 다녀간 아버지를 잊을 때쯤 순정의 등에 업히는 동생이 하나씩 생겼고 그나마 외할아버지 돌아가신 후부터는 그런 인사치레마저 없어졌다. 하모니카 하나는 일등으로 잘 불었다 하지만 순정은 그소리를 들어본 적이 없었다. 흘려들은 소식으로 아버지가 진즉 돌아가셨다는 소문을 들었을 때도 그랬나 보다 했다. 사내못난 것은 북문에서 호강받는다고 외할머니가 그랬다.

순정은 처녀가 되기 전부터 낯짝 반반한 청년한테는 눈길을 주지 않으려 했었다. 아니 줄 수도 없었다. 해 넘어간 후로는 대문 밖을 나가지 못하게 어머니의 단속에는 빈틈이 없었다. 심부름을 보낼 때도 동생들을 딸려 보냈다. 대보름 밤에동무들이 모여서 강강술래를 하며 즐겁게 뛰노는 소리를 순정은 호롱불 아래서 자수를 두거나 뜨개질하며 들었다.

어머니는 순정을 시앗 자식 흘겨보듯 했다. 동생들이 다투기만 해도 순정은 어머니한테 빗자루나 부지깽이로 어디 한군데 가릴 새 없이 두들겨 맞았고 동생 중 하나가 울어도 얻어터졌다. 땔감이 어중간할 때는 막대기로 맞고 염소에게 먹일 풀이 이슬 맞았다고 바가지가 날아왔다. 순정은 늘 발 동동 구르며 집안 살림을 하고 농사일을 거들었지만 어머니를 만족시켜준 적이 없었다.

순정은 열 살이 되기 전부터 장래 꿈이 시집가는 거였다. 어머니의 패악과 동생들의 칭얼거림에서 벗어나는 방법은 다른 남자의 아내가 되는 것이었다. 다행히 순정의 바람대로 어머니는 순정의 짝을 일찍 맞췄다. 딸은 어머니 팔자를 닮는다는 동네 사람들의 수군거림이 어머니를 재촉했던 것이다. 순정이 달거리를 시작한 지 3년이 지난 열아홉 때였다

순정의 짝으로는 연변을 벗어나본 적이 없고 손바닥이 대접만 한 데다가 손마디가 굵어서 하모니카를 불 일이 없는 옆 동네 총각이었다. 총각이 비빌 언덕 없기는 순정보다 더해서 사주단자 오가는 절차도 없이 족두리와 사모관대 빌려 혼례를 치렀다.

순정의 신랑은 입에 침 바른 소리는 못 해도 가슴팍은 널찍했다. 뼈대가 굵은 덩치에 속은 어린 계집처럼 부드럽고 고왔다. 순정이 물 양동이를 머리에 이고 다니지 않도록 물통은 미리미리 채워놨다. 같이 땔감을 하러 산에 가서도 순정이 동생들에게 지게 했던 정도의 나뭇짐을 머리에 얹어줘서 순정은 내려오는 길에 솔방울을 눈에 띄는 대로 주머니에 주워 담

는 여유까지 낼 수 있었다. 집에 와서 신랑이 부려놓은 순정의 나뭇짐을 보면 애기 베개만 했다. 순정의 야무진 손맛은 푸성귀 한 가지만으로 이른 봄에는 새콤달콤한 겉절이를 만들기도 하고 여름에는 짭짤하면서도 시원한 물김치로 신랑의 입맛에 부채질을 했다.

순정은 나락 타작을 하다가 사내아이를 낳았다. 신랑이 만류해도 그다음 날부터 볏짚을 쌓는 데 손을 보탰다. 순정 내외는 밤과 낮을 가리지 않고 농사일을 그악스럽게 했다. 병아리 몇 마리 사서 닭을 치다 보면 염소를 사고 돼지까지 살수 있을 것 같았지만 보리타작, 나락 타작 마치고 나면 한숨만 쌓였다. 하늘 농사가 훌륭해서 수확이 많다 싶으면 소작료를 많이 줘야 했고 가뭄이 심한 경우에는 삯일을 해야 쌀을 살 수 있었다. 쟁기질할 소만 있어도 궁기는 금방 면할 것 같았지만 뾰족한 수가 없었다. 순정네만 그런 것이 아니라 동네 사람들 사는 꼴이 다 그 모양 그 꼴이라서 남자들은 나락 타작이 끝나면 서둘러 보리갈이를 해놓고 북경으로 돈벌이를 나서는 사람이 많았다.

순정은 남편을 채근했다. 이삼 년 고생해서 소를 사자고. 남편은 엄마 치맛자락 놓지 않으려는 어린애처럼 연변 벗어나는 것을 두려워했다. 순정은 동구 밖에서도 자꾸만 뒤를 돌아보는 남편의 등을 떠밀어서 북경으로 돈벌이를 보냈다. 그렇게 대여섯 명의 남자들이 여편네들의 등쌀에 못 이겨 북경을 향했다.

농사철이 시작되는 춘삼월이 되자 돈벌이 나갔던 동네 남정네들은 다 돌아왔다. 순정의 신랑은 인편으로 그동안 모은 돈과 함께 한 달 더 있다 오겠다는 전갈을 해왔다. 연변을 벗어나본 적 없고 숫기라고는 손톱만큼도 없는 사람이 눈 뜨고 코 베이는 북경에서 한 푼이라도 더 벌어보려고 애쓰는 게 안쓰럽기도 하고 더없이 듬직했다.

순정이 품앗이한 일꾼들과 보리타작을 끝내고 써레질까지 다른 남정네가 하도록 남편은 소식이 없었다. 순정의 배 속에서 발길질이 제법 당찬 둘째 아이가 바깥으로 나오기 전에는 남편이 돌아와서 나락 타작을 같이할 수 있으려니 했었다. 반면에 순정의 친정어머니는 조바심을 쳤다. 여편네 정은 한 골로 흐르지만 남정네 정이란 들물 같아서 여러 골로 흐르기 마련이라며 순정을 들쑤셨다. 순정은 둘째 아이를 낳는 산고도 나락 타작도 남편 없이 친정어머니 손을 빌렸다.

— 에미나이 팔자 영락없이 어마이 팔자 따라가야 직성이 풀리간?

순정의 친정어머니는 사위가 다른 수컷들과 다르지 않아서 이미 다른 여자와 눈이 맞았다고 단정 지었다. 순정도 서서히 남편에게 예상치 못한 사고가 생겼음을 짐작했다. 일하다 다쳤거나 모아둔 돈을 잃어버려서 오도 가도 못 할 사정이 남편의 발목을 잡고 있는 것 같았다.

보리갈이를 마친 동네 남정네들이 북경으로 돈벌이 가는 길에 순정도 아이들을 데리고 따라나섰다.

눈동냥 귀동냥으로 찾아간 곳에 남편은 없었고 어린것들과 입에 풀칠을 하려고 보따리 행상을 했다. 행상을 하려면 몇 걸음이라도 더 걷고 한 곳이라도 더 들러야 날라리 손수건까지는 아니라도 머리빗 하나라도 팔 터인데 아이 둘을 데리고 다니는 길거리 행상으로는 맹물 얻어 마시기도 어려웠다.

순정은 아이 둘을 연변의 친정어머니한테 맡겨두고 북경의 식당에 취직했다. 그 이후 순정은 아이들을 위한 밥상은 차려보지 못한 채 남편을 찾으러 곳곳을 누볐다. 입에 침이 고일 새 없이 수소문해서 1년 만에 찾은 남편은 만두 가게를 크게 하고 있는 과부의 세대주로 살고 있었다.

1년 사이에 사람이 저렇게 변할 수도 있나 싶게 순정의 남편은 도시에서 상점을 운영하는 사장님 모양새를 갖추고 있었다. 살이 없어서 신경질적으로 보이던 남편의 뺨에는 부드럽게 근육이 채워져 있었고 노동으로 단련된 몸집은 쉬이 허

물어지지 않고 풍요로워 보였다. 순정을 한 팔에 안던 널찍한 가슴은 종업원들이 알아서 부지런히 움직이게 하는 힘으로 작용하고 있었고 흙으로 다져진 손마디 또한 솔선수범하는 겸손으로 성장한 모양이었다.

— 이녁이 기다리라믄 내래 기다리갔이오!

순정이 남편의 이마에 두 눈을 꽂은 채 그랬다.

— 님자한테 미안하우다.

순정의 귀가 짐작으로 그렇게 들었다. 고개를 수그린 채 아주 잠깐 남편의 입이 달싹거린 것으로 봐서 더 긴 말은 아니었다. 남편의 말이 이어지길 기다렸지만 그의 입에서는 더 이상 아무 말도 나오지 않았다. 현재의 만족이 과거의 미안함을 기세 좋게 누르고 있는 것이 분명했다.

순정이 사람 말귀를 알아듣게 된 때부터 귀에 박혀 있던 말이 재생됐다. 어마이 팔자 딸내미 팔자, 뒤로 오는 호랑이는 속여도 앞으로 오는 팔자는 못 속인다. 순정이 아무리 손사래를 쳐도 팔자라는 운명이 장승처럼 버티고 서 있었다.

남편이 묵묵부답으로 고개만 숙이고 있자 순정이 고개를 돌려 가게 안을 휘이 훑었다. 만두 가게 안은 충분히 넓었다. 느긋하면서도 헐렁하거나 어설픈 귀퉁이가 눈에 띄지 않았다. 지나치게 크거나 넓으면 어디 한구석이 비거나 채워지지 않을 법도 한데 남지 않도록 채워진 듯 보였다. 배고파서 허겁지겁 입에 욱여 넘기는 음식이 아니라 별미로 만두를 즐기는 곳임을, 먹고사느라 허둥댈 필요가 없는 사람들이 드나드는 곳임을 눈대중으로 알 수 있었다.

세상에 무작정 던져진 채 바람막이 한 자락 없이 군식구로 살아왔고 애쓴 만큼 제 몫을 챙겨 볼 엄두를 낸 적이 없었는데 어쩌다 만난 솜털 같은 현실이 몸에 착 달라붙었을까. 궁상스럽기만 했던 연변에서의 기억은 꿈에서조차 다시 만나고 싶지 않았을지도 모르겠다. 산에서 땔감을 해 와 아궁이에 불을 지펴야 제 몸의 한기를 몰아낼 수 있었는데 어느 날부터는 따뜻하게 데워진 방에 무람없이 들어가 몸을 눕힐 수 있다는 사실에 감사하고 있었으리라. 탯줄 끊어지면서 지금까지 고단했던 인생이었으니 이제는 편해도 된다고.

순정은 팔 걷어붙이고 앞뒤 가리지 않고 덤빌 심산이었다. 여차하면 옷이 찢어질 수도 있을 것이고 손가락에는 누군가의 머리카락이 한 움큼 쥐어져 있으려니 했다. 먼 길을 가다 보면 개도 보고 소도 보고 하지 않던가. 그게 무슨 대수랴. 한 가정의 지붕이랄 수 있는 세대주가 돌아온다면야.

하지만 순정은 전의를 확실하게 잃었다. 상대방이 싸울 의사가 없다고 했다. 정 억울하면 분풀이가 될 때까지 맞아줄

의향이 있다는 단호함에 순정은 뒷걸음질할 수밖에 없었다. 순정에게는 담벼락이 되어줄 세대주를 찾으러 온 것이지 씨알도 먹히지 않을 눈물바람이나 하려고 북경행 기차를 탄 것이 아니었다. 중이 고기 맛을 알게 되면 절간에 벼룩이 남아나지 않는다 하지 않던가. 여자만 뒤웅박 팔자 되라는 법이 있는 것도 아니고.

애초부터 자신의 몫이 아니었으리라. 내 발 앞에 놓인 장승을 다른 사람이 치워주길 바라는 것 자체가 과욕이었는지도. 숟가락을 제 손으로 쥘 수 있을 때부터 제 앞가림은 스스로 해온 순정이었다. 잠시 잠깐 달착지근한 사탕 맛에 홀려 천지분간을 못 했던 자신이 철부지 같았다.

세대주 없는 자식들과 손주들 입까지 챙겨야 하는 친정어머니의 짐을 덜어야 했기에 큰아이는 남편이 맡기로 하고 순정은 이혼을 했다. 이혼을 하고 나니 그간의 불안과 초조함이 순식간에 없어져서 홀가분한 면도 있었다. 다시 친정의 기둥이 되어야 했고 자신의 울타리 또한 혼자서 엮어가야 했다.

동생들은 순정의 땀을 먹고 자랐지만 충분하지 못했는지 장성해서도 따라지신세로 순정 주변에서만 맴돌았다.

콧수염이 나기 시작한 남동생은 연변 촌구석이 좁다고 북경에서 날갯짓을 하고 싶어 했다. 북경이 크다고 아량까지 넓은 것은 아니라서 너 같은 촌놈이 할 수 있는 일은 허드렛일 뿐이고 펼쳐보지도 못한 날개가 부러지기 십상이니 보내주는 학비로 중등 과정이나 마치라는 순정의 당부를 귓등에도 얹지 않았다. 덜 여문 청춘이 으레 그렇듯 심지 없는 불빛만 팔랑거렸다. 날이면 날마다 보채는 남동생을 더는 어찌해보지 못하고 북경으로 불러들였다.

남동생은 연변에서 북경 오는 길에 부는 헛바람을 다 삼켰는지 가슴만 댕댕해져 있었다. 순정이 어렵사리 알선해준 일자리에 진득하니 붙어 있질 못했다. 게다가 수틀리면 사람을 때려눕혀 보호소까지 들락거렸다. 연변의 친정어머니는 북경의 순정에게 우는 소리를 밥 먹듯 하며 다그쳤다.

— 손위 누이가 뭐 하고 자빠졌길래 동생이 또랑창에 빠지게 냅두는 게 맞간? 낫살은 어데로 처먹었네!

오래전에 순정을 가둔 터널 끝은 보일 기미가 없었다. 심리적 마지노선이 위태로워서였는지 순정은 아플 일이 자주 생겼다. 식당에서 일하면서 갓난아이만 한 무를 들어 올리다가 어깨가 탈골됐다. 궤짝에 비스듬히 서 있던 현금은 금세 달아났다. 또 어느 날은 문턱을 넘다가 엎어져서 팔목에 금이 가서 두어 달 친정어머니 한숨을 소리 없이 삼키느라 목이 멜지경이 됐다.

시큰거리던 팔목이 덜 아물었지만 집구석에서 요양만 할 수 없어서 장사를 시작했다. 처음에는 반찬값이나 벌어볼 심산으로 뜨개질을 해서 주변에 팔았다. 손재주가 좋다고 칭찬을 듣는 편이라서 자수를 두어 식탁보나 창문 가림막 같은 것을 만들면 어머니가 장마당에 가서 돈으로 바꿔왔다. 그러다가 차츰 물목이 많아졌다. 손으로 만들 수 있는 품목 외에도 돈으로 교환할 만한 것들을 궁리하게 됐다.

몸이 거뜬해지면서부터는 연변의 농산물을 북경에 갖다 팔았는데 남의 집에서 궂은일을 할 때보다는 벌이가 나았다. 점점 장사에 수완이 생겨서 조선까지 여러 차례 드나들며 물건을 가져다 팔았다. 북경에서 조선 물품은 인기가 높았다. 눈속임이 덜하거니와 조선에서 가져왔다고 하면 별 실랑이 없이 물건이 팔렸다. 가난을 대물림받지 않아도 될 것처럼 삶에 화색이 도는가 싶었다.

그런데 연변에서 농사일을 거들던 여동생이 기별도 없이 북경의 순정을 찾아왔다. 언니한테 장사를 배워서 독립을 하겠다고 했다. 순정이 장사로 돈을 좀 만지니 가만히 앉아 있어도 눈먼 돈이 품 안으로 들어오는 줄 알고 있었다.

연변이나 조선에서 북경까지 농산물을 가져오려면 부피를 줄여야 했다. 마른 고추 백 근을 공기를 빼서 열 근 정도의 짐으로 만든다. 고사리나 버섯도 그런 과정을 거쳐서 부피는 최소로 하지만 무게는 쌀가마니와 다르지 않았다. 그런 짐을 이고 지고 손으로 들고 열차와 버스를 여러 차례 갈아타야 북경에서 짐을 풀 수 있었다. 여동생은 순정을 따라 연변을 한 번 다녀오고 나서는 나가떨어졌다. 언니 따라다니다가 저승길 먼저 가게 생겼다고 했다. 호랑이 가죽은 탐나고 호랑이는 무서웠으리라.

남동생이 완력으로 세상과 붙어보려고 했다면 여동생은 겉멋이 들어서 힘든 일을 피하려고만 했다. 여동생은 북경에 오자마자 파마머리를 해서 대가리가 울창했다. 눈 뜨면 거울 앞에 앉아 중대한 행사를 치르듯 했다. 산발한 머리에 꽃 핀을 꽂았다 뺐다 옆머리를 위로 올렸다 옆으로 돌렸다 하면서 순정의 속을 수시로 뒤집어놨다.

순정이 밥때가 지나도록 팔아야 할 물건들의 무게를 달고 포장하고 정리하느라 정신이 팔려 있다가 여동생이 불러서 돌아보면, 언니 아까 전보다 이게 낫지 않아? 이러기 일쑤였다. 순정이 보기에 서낭당의 헝겊 쪼가리가 나부끼는 것이나 미친년이 속곳을 손가락에 걸고 빙빙 돌리는 것이나 별반 차이가 없어 보였다. 생각 같아서는 싸대기라도 갈겨주면서, 니 정신이 있니 없니! 해주고 싶다가도 저게 은제나 철이 들라나

걱정이 앞섰다. 여동생은 얼굴에 알록달록 찍어 발라서 마당극 배우 같았다. 연변의 어머니가 봤더라면 에미나이 못된 거이 궁둥짝으로 날라리를 분다구 이리 오라 니 낯바대기를 분탕질해주고 말기야! 했을 것이다.

　―언니, 안 아파?

　필리핀에서 시집온 알로나 전화였다. 그저께 우연히 들렀다가 쌀죽을 끓여주고 간 후로 하루에 서너 번씩 전화를 했다.

　―인자 일없다. 근심 말라.

　순정은 그렇게 대꾸하고, '니 코나 잘 닦으라우'라는 말은 목젖 안으로 되넘겼다.

　다문화가정 행사 때 옆자리에 배치된 것이 인연이 된 알로나는 맹목적일 정도로 순정을 따랐다.

　면사무소 직원이 학수 씨한테 애걸복걸하다시피 해서 순정은 처음이자 마지막으로 행사에 참여했었다. 추석날 온 가족이 모여 송편을 빚고 그 과정에서 가족애와 전통문화를 회복하자는 취지의 행사였다.

　낮에는 한여름 날씨지만 아침저녁으로는 냉기가 돌아서 몸을 웅크리게 되는 추석 무렵이었다. 학수 씨가 오일장에 가자며 순정을 트럭에 타라고 했다. 명절이 코앞이라 장마당에서 생선 몇 마리 정도는 사야 할 성싶었다. 살림이 크든 작든 오는 사람이 많든 적든 명절에는 생선 굽는 냄새와 전 지지는 기름내가 동네를 휘젓게 하는 게 조선 사람의 의무고 권리가 아니던가. 오일장에 간다 하더라도 사야 할 종류와 비용의 범위는 학수 씨 머릿속에 있었다. 기본으로 추석 제사상에 올릴 생선 세 가지는 사되 세 마리씩 살지 아니면 두 마리씩 살지를 결정하는 사람은 학수 씨였다. 순정은 학수 씨 옆에서 싸고 좋은 것을 고르면 학수 씨가 계산을 했다. 나물 세 가지는 순정이 밭에서 가꾼 것으로 하고 전감을 한두 가지 추가하면 추석 준비는 해둔 셈이었다.

　─식혜를 안칠라믄 생강이 있어야갔는데 심어논 거이 아직 여물지 않아서리.

　조기와 장대 그리고 병어 세 마리씩을 사고 생선 좌판을 돌아서는 학수 씨를 뒤따르던 순정이 주춤거렸다.

　─삼천 언어치 사믄 쓰겠는가?

　─오천 언어치는 사야 할 거인데.

　생강이 식혜에만 들어가는 양념인가. 마늘 다음으로 온갖 반찬에 조금씩은 첨가해야 할 경우가 많아서 언제나 냉장고 한 자리는 차지하고 있어야 할 필수 양념 아니던가. 순정의 생각으로는 생강을 만 원어치는 사다가 손질해서 냉장고에 넣어두고 필요할 때마다 꺼내 쓸 수 있었으면 싶었다. 텃밭에 심어놓은 생강은 더디 크고 있으니.

—생강 오천 원어치 주시오.

순정이 생강을 주문하자 옆에 서 있던 학수 씨가 오천 원을 상인에게 내밀었다. 생강 오천 원 어치가 세 덩이였다. 식혜 끓일 때 다 넣어야 식혜 맛이 날 분량이었다. 그래도 한 덩이는 남겨서 생선 찔 때와 나물 무칠 때 넣었다는 시늉이라도 해야 할 것이다.

학수 씨가 생선을 든 비닐봉지를 들고 앞서고 생강을 든 순정이 뒤따랐다. 세워둔 트럭이 있는 방향이 아닌 곳으로 학수 씨가 발길을 옮겼지만 순정은 학수 씨가 볼일이 있겠거니 하고 묵묵히 따랐다. 학수 씨가 여성복 가게 앞에서 멈추더니 진열되어 있는 옷들을 눈으로 훑었다.

—옷 한번 골라보게.

학수 씨가 순정을 내려다보면서 말하자 순정은 뜨악하게 학수 씨를 올려다봤다.

—낼모레 행사 때 이쁘게 입고 가야제.

순정은 그때야 알아들었다는 듯 고개를 끄덕끄덕하더니 적극적으로 옷을 살폈다. 순정의 눈에 들어온다 싶어서 가격을 물어보면 블라우스 하나에 3만 원이 넘었다. 명색이 외출복을 고르는데 학수 씨가 오천 원짜리 작업복 사는 기준에 비용을 맞췄을 것 같지는 않았다. 순정이 얼추 계산을 해보니 10만 원은 넘을 것 같았다. 치마와 블라우스 그리고 블라우스 위에 걸칠 윗옷까지 사야 외출복이 갖춰진다는 사실을 학수 씨가 알고나 있을지 사뭇 걱정스러웠다.

순정이 옷을 들춰보고 가격 묻기를 반복하다 옆 점포로 갔다. 학수 씨도 순정을 따라왔다. 순정이 옷을 골라서 거울 앞으로 갈 때마다 학수 씨의 표정이 바뀌었다. 순정이 레이스가 많이 달린 옷을 고르면 학수 씨 표정이 밝아졌다가 단색의 옷을 손에 들고 있으면 얼굴이 굳어졌다.

순정은 맘에 드는 옷을 고르는 것보다 얼마의 비용에 맞춰야 학수 씨 선심에 부응할 수 있을지가 더 고민이었다. 다 사려면 학수 씨 예상을 넘는 지출이 될 수밖에 없으리라는 짐작이 앞섰다. 순정이 생각을 바꿔서 원피스를 살피기 시작했다. 블라우스나 원피스 가격 차이가 별반 없었다. 원피스를 사고 윗옷을 갖춰 입으면 10만 원 내에서 해결이 가능할 성싶었다.

순정이 하늘하늘한 원피스를 살피자 학수 씨 낯빛이 옳거니 하고 있었다. 순정이 비로소 제대로 된 옷을 찾은 것 같아 안심도 되고 뿌듯해하는 표정이었다.

코스모스 꽃 몇 송이가 그려진 분홍색 원피스를 입은 순정이 학수 씨를 따라 읍사무소 2층 다문화가정지원센터로 들어가니 넓은 강당에 사람들이 가득 차 있었다. 얼추 50여 명은 되어 보였다. 길게 펼쳐놓은 탁자 위에는 물주전자를 올려놓은 휴대용 가스버너와 쌀가루를 담은 스테인리스 함박이 사람 수에 맞춰 놓여 있었다. 사람이 많은 것에 비해 말소리는 들리지 않았다. 행사가 시작되지 않아서였겠지만 서로 아는 얼굴이 아닌 데다 말 또한 서툴러서인지 누구 하나 먼저 말소리를 내는 사람이 없었다.

외국에서 한국으로 시집와 사는 여자들이 이렇게 많다는 사실에 순정은 놀랐다. 태국, 필리핀, 베트남에서 온 여자들이 대부분이었고 우즈베키스탄과 네팔 또는 캄보디아에서 왔다고 각자 목에 걸고 있는 이름표에 적혀 있었다. 순정처럼 중국에서 온 사람도 몇 명 보였지만 친근함이 느껴지지는 않았다. 외양만 봤을 때는 다른 나라에서 살았을 것 같지 않게 원래 한국 태생들처럼 보였다. 그러나 한국어를 배우고 있는 단계들인지 서로 쭈뼛거리고 있었다. 옆에 앉은 사람과 말 한마디 섞는 것은 엄두도 못 내고 행사 진행자의 말을 듣고 따라가는 데 땀을 빼고 있었다.

명절 음식을 온 가족이 같이 만들면서 가족애와 전통문화를 회복한다는 행사라고 들었는데 남자는 없고 외국에서 시집은 여자들만 송편 만들기 연습을 할 모양이었다. 진행자가 각자 탁자에 마련해둔 휴대용 가스버너의 불을 켜라고 하면서 자신이 먼저 가스 불을 켰다. 진행자의 입만 바라보고 있던 여자들이 따라서 가스버너에 불을 붙였다. 어떤 여자는 가스버너 위에 있어야 할 물주전자가 그냥 탁자 위에 있는데도 불을 켜고 있기만했다. 한국어에 익숙하지도 않고 송편 만드는 과정을 모르기 때문이었다. 게다가 살림이 손에 익지 않은 어린 여자들이 많았다.

　순정의 옆자리에 있던 알로나는 진행자의 말이 채 끝나기도 전에 일의 순서를 꿰고 따라하는 순정의 노련함을 보고 잠깐 놀랐다. 진행자의 말에 귀 기울이다 헤매는 것보다 순정이 하는 대로 따라하는 것이 수월함을 금세 알아차렸다. 순정이 쌀가루에 끓인 물을 부어가며 반죽을 할 때 알로나는 혼자서 고개를 주억거리며 감탄을 하고 있었다. 진행자가 깜빡 잊고 끓는 물에 소금 한 숟갈을 넣으라는 말을 하지 않았다가, 나중에야 소금을 넣어야 한다고 강조하기 전에 순정은 이미 끓은 물에 소금을 넣은 상태였다. 진행자가 물 두 컵을 천천히 부어가며 반죽을 하라고 했는데, 중간에 "어어? 난 몰라! 선생니임!" 하면서 물 조절에 실패한 여자들의 아우성이 여기저기서 터져 나왔다. 반면에 알로나는 순정 덕분에 되지도 무르지도 않은 송편 만들기에 맞춤한 반죽을 할 수 있었다. 물 조절은 순정이 해주고 반죽 치대는 과정은 알로나가 나서서 두 몫을 해냈다. 몸에 딱 맞는 원피스 때문에 자꾸 몸을 비트는 순정을 보면서 알로나가 치대는 일은 자신이 하겠다고 왼쪽 손을 가슴에 대면서 의사 표현을 했다.

연변에서는 늘 만두를 빚어서 명절을 맞았는데 종류도 많고 과정도 번거로운 만두에 비하면 송편은 손쉬운 일감이었다. 게다가 어렸을 적부터 온갖 궂은일에 단련이 된 순정은 어지간한 일거리에 놀라거나 당황해본 적이 없었다. 손은 움직이면서 머리로는 효율적인 방법을 찾다 보면 일머리가 어렵지 않게 가닥 잡히곤 했다.

오전 8시부터 밤 10시까지 식당에서 주방 보조 일을 하다가 절인 배추가 되어 집에 들어가는 알로나는 순정을 만날 때마다 목소리가 한 옥타브 올라갔다. 유치원 다니는 딸아이는 고르랑 80세의 시어머니와 온몸으로 종합병원을 짊어지고 다니는 남편이 돌보는 형편인데도 그랬다.

─할아버지 왔어?

순정이 아저씨라고 부르라고 일러도 알로나는 변함없이 학수 씨를 할아버지라 했다.

—그 영감탱이 오든 말든 내 알 바 아니다.

4년 동안, 학수 씨는 순정을 혼자 놔두고 집을 비운 적이 없었다. 길어야 2시간 안팎이었고 혼자서 할 수 있는 일을 하면서도 순정을 옆에 있게 했다.

학수 씨는 예정대로 막내딸 상견례를 위해 혼자서 서울로 떠났다.

하기야 몸도 가누지 못하는 여편네가 무일푼으로 내뺀들 어디로 갈 것이며 받아줄 곳이 없을 것이라는 확신 때문이리라. 여기서 연변이나 북경은 멀어도 너무 멀었다.

—퇴근하고 언니 집 가까?

알로나는 안심이 되지 않는지 밤늦게라도 순정을 살피러 오고 싶은 모양이었다.

—에미나이가 밤중에 싸돌아댕기믄 탈 나고 만다!

순정은 알로나의 걱정을 일축했다. 맘이 쓰인다고 몸까지 날래게 오갈 수 있는 봄날 같은 처지들이 아니지 않는가 말이다.

순정이 알로나를 보려면 머리가 쥐나도록 궁리를 해서 알로나가 일하는 식당으로 학수 씨와 함께 밥을 먹으러 가야만 했다. 알로나는 다른 식당으로 옮겨야 하는 2~3일의 공백 시간이 생길 때 순정을 보러 왔었다. 그저께가 그랬다. 순정이 이승에 억지로 눌러앉아 있는 게 심히 구차스럽던 차였다. 알로나가 순정에게 전화도 없이 들렀다. 친정에서 멀리 날아온 두 여자는 한참 동안 눈물을 찍어내다가 알로나의 남편이 이제 술을 마시지 않는다 해서 순정을 안심케 했다. 학수 씨가 한 달 전에는 순정의 딸아이에게 학비로 2백만 원이나 보내줬다 해서 알로나를 화들짝 놀라게 했다. 기초생활수급자인 학수 씨에게 2백만 원은 노끈 한 가닥이라도 허투루 버리지 않아야 가능했기 때문에 술 담배 즐기는 남자의 2백만 원과는 많이 달랐다.

순정이 학수 씨를 따라 이곳에 와보니 사는 꼴이 예상과는 딴판이었다. 교육공무원 생활이란 것이 7~8년 정도 초등학교에서 청소하는 일을 하다가 그만둔 것이니 생짜 거짓부렁은 아니었다. 더구나 문전옥답을 갖고 있는 것도 아니고 남의 땅을 빌려서 농사짓는 소농이었다. 학수 씨가 농사를 조금 짓고 있다고 하길래 공무원 퇴직하고 소일삼아 하는 일인 줄 알았는데 조금 짓는 농사가 생활의 근간이었다. 노인복지정책이 더딘 연변이라면 하루 세 끼 찾아먹기는 언감생심이었으리라.

뇌졸중으로 쓰러졌다 일어난 후로 오른발은 길게 왼발은

짧게 내닫는 학수 씨를 따라 농사일을 했지만 일감이 많지 않아서 순정은 집 안에서 텃밭을 가꾸거나 화단 꾸미는 시간이 많았다. 한국의 농촌은 늘 일손이 부족해서 바지런한 순정이 나서서 품삯 일을 한다면 다발로 돈을 쥘 수 있을 것 같은데 학수 씨는 자기 시야를 벗어나지 못하게 했다. 갈치 두 마리를 사러 오일장에 나가더라도 학수 씨가 뒤따랐기 때문에 순정에게는 따로 눈이라도 마주 보며 얘기할 사람이 없었다.

순정이 강아지 한 마리 키웠으면 하고 자주 말했지만 꿈쩍 않던 학수 씨가, 생선 찌꺼기를 버리는 게 몹시 아깝다고 했더니 2만 원을 주고 백구를 사왔다. 순정이 어린 시절을 보냈던 장백산 자락이 자주 생각나던 터라 강아지를 장백이라 했다. 순정이 오냐오냐해서 그런지 장백이는 새끼를 두 벌이나 낳고도 무엇이든 물어뜯어 놓는 버릇이 여전한 철부지였다.

순정이 학수 씨와 새벽에 나가 콩밭을 매다 집에 들어오니 장백이를 묶어둔 줄이 기둥에 칭칭 감겨 있었다. 순정은 엉킨 줄을 풀어내려고 장백이를 묶어놓았던 고리를 풀었다. 장백이는 목줄에서 해방되자 좋아 죽겠는지 넓지 않은 마당을 빙빙 돌기도 하고 경중경중 뛰놀았다.

―사람이나 짐승이나 매어 있으믄 갑갑한 게 매한가지라!

장백이 정신없이 이리저리 뛰어다니는 모습에서 순정 자

신이 해방감을 느꼈다. 순정이 기둥에 감긴 줄을 다 풀어냈지만 장백이를 그냥 맘껏 뛰놀게 놔뒀다. 잠시 그렇게 목줄 없이 놀게 하다가 다시 장백이를 매어둘 참이었다. 순정은 아침을 아직 못 먹은 학수 씨가 맘에 걸려서 대충 씻고 늦은 아침을 서둘러 준비하고 있었다.

— 워어메! 이녀르 잡것이!

학수 씨는 소리를 지르더니 현관 앞의 신발장 쪽으로 내달렸다. 장백이가 학수 씨 구두를 고기라도 되는 양 물어뜯고 있었다. 하필이면 수십만 원이나 주고 샀다던 그 구두를. 학수 씨 막내딸이 결혼을 앞두고 부모님 상견례 때 신고 오시라고 사서 보내줬기 때문에 학수 씨한테는 그냥 비싸기만 한 구두가 아니었다.

— 옴마야아!

순정도 놀라서 뛰어나가 보니 구두는 이미 너덜너덜해진 상태였다. 순정은 다급하게 장백이를 붙잡아서 기둥의 고리에 매었다. 학수 씨는 맨발로 성큼성큼 다가오더니 장백이를 걷어찼다. 그것이 으떤 구두라고 이놈의 개새끼가, 이놈의 개새끼가! 학수 씨는 연신 그 말을 내뱉으면서 장백이를 발에 걸리는 대로 찼다.

한동안 그 모양을 바라만 볼 수밖에 없던 순정이, 이를 어째 이를 어째! 하고 있는데 학수 씨는 분이 풀리지 않았는지 두리번거려 도리깨를 들고 장백이를 후려쳤다. 학수 씨가 장백이를 죽이고야 말겠다 싶은 순정은 그만하시라요 그만하시라요! 소리치며 장백이를 품에 안았다. 순정이 그렇게 말리면 학수 씨의 매질이 그칠 줄 알았다. 그러나 학수 씨는 아랑곳하지 않고 장백이와 순정을 매질하다가 발로 차기를 반복했다. 어디를 맞았는지 순정이 기절하면서 안고 있던 장백이를 놓치자 장백이는 입에 거품을 물고 널브러졌고 그때야 학수 씨의 발길질도 멎었다.

— 내레 집에 가갔시오.

순정은 병원에 실려 가서 응급처치를 받고 정신을 차린 후로는 계속 그 말만 되풀이했다. 자신을 치료해줄 의사한테 자신의 험한 꼴을 더 보이고 싶지가 않았다. 치료받고 싶은 마음도 없었고 짓이겨진 자존심을 감추고 싶을 뿐이었다. 순정의 성화에 짜증이 난 의사는 처방전을 써 주고는 구급차로 퇴원을 하라 했다.

순정은 다른 사람한테 의지해서 살고 싶었던 자신의 나약함에 화가 났다. 처음에는 편했지만 돈을 구하려고 동분서주했던 연변에서의 지난날이 아련하게 느껴지기도 했다. 애면글면하지 않은 대신 학수 씨 허락 없이 맘대로 할 수 있는 것이 없었다. 스스로 판단하고 결정하던 그간의 생활과는 많이 달라서 낯설고 익숙해지지 않았다. 새로운 환경에 적응해보려고 자신의 모습을 살필 겨를이 없다가 서서히 주변을 눈여겨보게 될 때부터는 뒤늦은 자각이 일었다. 자신의 예상과는 다르게 홍수에 떠밀려가는 가랑잎이 보였다.

순정은 잠깐씩 눈을 떴다가 이내 까르륵 잠에 빠지곤 했다. 밤인지 낮인지 궁금하지 않았다. 장백이는 어찌 되었을까, 살아 있었어도 버려졌을 것이고 죽었다면 어딘가로 치워졌으리라. 장백이가 그렇게 치워진 것처럼 순정 자신의 가치도 딱 그만큼이었다는 자괴감만 깊어졌다.

학수 씨한테는 장백이가 기분 상할 때마다 걷어찰 수 있는 복날의 개였지만 순정한테는 자신의 얘기를 가장 많이 들어준 동무였다. 연변의 동무들에게 하고 싶던 하소연도 장백이는 들어줬다. 친정어머니한테 했던 얘기보다 장백이한테 쏟아낸 것이 많았다. 오늘 아침에는 안개가 많아서 무척 더울 것 같다고, 봉숭아꽃이 연변의 것과 똑같이 야물다 했고 마늘이 실하다 했다가 올해는 해바라기씨가 형편없다 했었다.

혼자서 돈 벌어가며 공부하고 있는 딸아이에게 학비만 보내줄 수 있다면 어떤 어려움도 이겨나갈 수 있을 것 같았다. 딸아이의 그런 태도를 높게 평가해주는 게 고마워서 죽는 날까지 최선을 다해 학수 씨를 잘 받들 심산이었다.

　—아따아 참말로, 잔 가만있어야아! 이놈아아. 너를 묶어
놔야제 기냥 놔두믄 뭔 짓을 할지 모른께 안 그러냐아.

　학수 씨가 언제 왔는지 새로 사 온 강아지를 마당 어딘가에
묶고 있는 기척을 그렇게 했다. 그 소리를 방에서 들은 순정
은 다시 눈을 감고 벽 쪽으로 돌아누워 버렸다.

놈

나는, 사람들이 많이 다니는 논두렁에 삽을 놔두고 왔다가 다음 날에도 그 자리에 그 삽이 있으리라고 믿는 사람을 경멸한다. 무엇보다도 밭두렁이나 논두렁을 이웃하고 사는 내 주변 사람들은 그런 짓을 거의 하지 않기 때문이다.

　　그런데 놈은 배꼽 바로 아래에 붙어 있는 '남성'을 뺀 나머지를 거의 흘리고 다녔다. 덕택에 어린 시절의 놀이 공간에서부터 지금의 전답 위치가 놈과 붙어 있다는 이유만으로도 나의 피해와 불편은 이만저만이 아니었다. 놈은 급하게 빌려 간 내 연장을 갖다주기는 고사하고 잃어버리기 일쑤였다. 내게 빌려준 물건을 몇 년이 지나도 찾아가지 않기 때문에 아예 내 것이 되는 경우도 부지기수다. 그러다 보니 놈이 잃어버린 물건은 내 소유물을 잃는 것이나 마찬가지인 셈이라서 놈이 나

아닌 다른 사람에게 빌려준 것을 내가 찾아와야 했다.

놈 때문에 생기는 나의 피해를 최소화하려는 피나는 노력이 40년이 넘어가고 있다. 결혼을 한 후부터는 세상 물정에 눈을 떠서 그런지 모르겠지만 놈의 행동 방식이 참을 수 없이 싫어지기도 하고 놈과 얽이는 상황을 피하고 싶어졌다. 게다가 동네 사람들이 나를 놈의 실속 있는 졸병이라고 쑥덕이는 것을 마누라가 질색했다. 속 모르는 소리 한다고. 마누라 말은 그랬다. 자기 밥그릇 큰 것부터 챙기는 사람하고는 말도 섞지 말라고 했지마는 지나가는 까막까치까지 불러다 먹이는 사람 옆에 붙어 댕기다보면 이녁 주머니도 가볍게 되는 것은 뻔할 뻔 자인데 언제까지 한 떡살에 찍어낸 떡처럼 붙어 댕길 것이냐고. 마누라의 판단은 비교적 정확하면서도 빨랐다.

잠결에 전화기가 사람을 부르는구나 싶으면서도 마누라가 알아서 받겠거니 하고 눙쳐 자고 있는데 마누라의 팔꿈치가 성난 황소 뿔이 담벼락을 들이받듯 내 허리를 냅다 갈기는 통에 잠이 깼다.

"저 염병할 것을 때려뿌사불던지 어찌케 하란 말요!"

새벽 3시가 넘은 시각에 전화기를 울려대는 종자는 놈뿐이라는 마누라의 확신이었고 그 뒷감당 또한 내 몫이라는 짜증이었다.

"여보세요?"

"나다."

"씨발 놈아, 지금이 몇 시냐?"

"이십오시에 있다. 좀 나와라."

"안 가 새꺄!"

내가 수화기를 내려놓기도 전에 우우웅— 하며 끊긴 소리가 들렸다.

"상전이 부르시는데 쫄병은 얼른 가봐야제라! 불알 두 쪽은 뒷에 쓸라고 무겁게 달고 댕기는고오. 떼서 개나 줘불제!"

마누라는 돌아누우며 빈정거렸다.

놈이 오라고 하는 곳으로 가는 게 상책이었다. 내가 가기 싫다고, 새벽이라고 해서 뻗대고 있다가는 고주망태가 된 놈은 막무가내로 내 집을 덮칠 것이다. 그다음에는 마누라와 또 며칠을 시끄러워야 하리라. 나는 아직, 놈과 엮이지 않고 사는 방법을 찾지 못하고 있다. 그래, 새꺄 간다, 가! 니가 여그를 안 뜨른 내가 뜬다! 니놈하고 더 이상 안 엮어질라믄 그 수밖에 더 있겄냐!

놈을 보는 즉시 주먹으로 면상을 몇 번 갈길 것이다. 놈은 얼결에 얼굴을 싸맬 것이고 그러면 나는 놈의 등을 팔꿈치로 찍는다. 놈이 내 무릎 가까이에서 엎어지면 발로 걸어차서 지근지근 밟아버릴 것이다. 씨발 놈아! 니가 뭔데 오너라 가너라 하면서 내 인생의 고삐를 쥐고 흔들어! 지금까지는 내가 오지랖 넓게 살아볼라고 그랬지만은 앞으로는 그렇게 안 되겠다! 어째 니 눈깔에는 내가 똥 친 막대기로밖에 안 뵈냐? 하고 내 기운이 다 빠질 때까지 발길질을 해주리라.

내 안에서 뒤끓는 화산과는 다르게 밖은 얼음처럼 냉랭해서 트럭 시동이 단번에 걸리지 않았다. 이놈의 똥차까지 사람을 무시하는가 싶어서 가속기를 성질대로 밟았다.

놈은 두 팔을 축 늘어뜨린 채 탁자에 머리를 옆으로 걸치고 잠든 것 같았다. 술집 문을 열기 전까지 열 손가락을 꼼지락거려서 기운을 돋워놨는데 놈이 취하고 있는 자세가 내 판단을 흐리게 했다.

"동식이가 날랐다아, 푸우 —!"

놈은 귀를 열어놓고 있었는지 눈도 뜨지 않은 채로 지껄였다. 놈이 탁자에서 대가리를 쳐올렸으면 싶었다. 그래야 폼나게는 아니더라도 일격을 가하기가 수월할 것 같았다.

"술 처먹었으믄 자빠져 잠이나 잘 것이제, 날랐기는 누가 날랐다고 지랄 염병이냐!"

"그런 같잖은 소리는 넘들도 다 할 줄 아는 소린께 더 보태지 말고 앉어봐라."

"···"

놈은 허리를 펴자마자 재떨이에 쌓인 꽁초를 뒤적이더니 그중에서 긴 꽁초를 찾아냈다. 놈의 차분함에서 나는 벌써 허리가 반쯤은 꺾여버렸다. 놈에 대한 나의 한계가 영락없이 꼭 이런 지점에서 드러난다는 게 환장할 노릇이다.

"동식이 그 새끼가 나한테는 어저께 아니 그저께 대파 잔금 받는 날이라고, 잔금 받으믄 농협에 가서 다시 어깨동무하자고 했거든, 푸우―. 그런데 대파 잔금은 진즉 받았고, 한참 전에 농협에다 파산 신청을 해부렀단다. 농협에서 너랑 나한테 여러 차례 연락을 했는데 오늘에서야 연결이 됐다고 한다. 대단한 영광을 인자사 받았으니, 푸우우―!"

"개새끼, 새북에 불러내는 것이 미안한 짓이라는 것을 알긴 알아서 시방 쑈 한번 하는 중이냐?"

"농협 상무한테 핸드폰 때려봐라. 너 찾으믄 연락하라고 했웅께. 가그들도 미치겠단다. 당사자하고 어깨동무한 등신들하고 머리통을 짜볼라고 해도 동식이 그 새끼는 토껴서 찾을 수도 없고."

"···"

나는 재떨이에 버려졌던 담배꽁초를 골라서 피웠다. 입이 쓰다 못해 갈증이 심하게 났다. 탁자 위에 있던 물을 한 컵 들이커니 미지근한 게 개운치가 않았다. 술집 주인은 방으로 들어가고 없어서 냉장고에서 맥주를 꺼내 마셨다. 비어 있는 배 속으로 맥주가 들어가자 싸한 감촉이 주책없이 마중 나왔다.

맥주가 더럽게도 잘 넘어간다는 그 순간까지의 기억이 전부다. 대파 작업 나갔던 마누라가 점심 먹으러 들어오는 소리에 잠은 깼지만 마누라의 미운 소리가 두통을 겹치게 할 것 같아서 눈꺼풀은 붙이고 있었다.

"에밀리가 안 왔대애. 그 집구석에 뭔 일 있으까?"

"…"

나로서는 흉내 낼 수 없는 귀신이다. 눈꺼풀을 붙인 채 내쉬는 숨소리까지 변화를 주지 않고 있었는데 마누라는 내가 깨어 있다는 것을 알고 말을 던지는 것이었다.

"벼슬하고 오셨는데 눈밥을 끓이라든지 된장국을 잡순다든지 주문을 하시제 그라요!"

"…"

"벨일이대애. 업고 들어올 줄 알았는데 업혀서 오시등만. 참말로 인자는 벼슬도 여러 가지로 하시데에!"

마누라는 내가 얕은꾀를 부리는 줄 알고 계속 몇 마디 더 비아냥거리더니 다시 작업장에 나갔다. 된장국 끓이는 냄새가 문틈으로 들어오지 않는 것으로 봐서 저녁때 들어와 본격적으로 볶을 작정인 모양이었다.

마누라와 치렀던 일상의 전쟁, 잘고 긴 냉전은 너무나 부드러운 애무였고 밥상이 공중에서 춤추던 격전들은 차라리 지독한 오르가슴이었다는 생각이 문득 들었다. 의미를 새겨보지 않았지만 생활의 단맛이 되어주었던 자잘한 움직임들이, 이제는 내가 누릴 수 없는 담장 너머의 풍경에 불과한 것으로 다가왔다.

집에서 기르던 진순이가 새끼를 일곱 마리나 낳았다고 아이들이 개집을 들락거렸다. 덩달아서 마누라까지 애들처럼 호들갑을 떨더니 암놈이 다섯 마리나 된다며 내게 소식을 물어 날랐다. 온 식구가 대단한 경사라며 들떠서 눈도 뜨지 않은 강아지들을 수없이 들여다볼 때 나도 한 무리가 되어 진순이에게 고생했다며 쓰다듬곤 했다. 강아지 한 마리 시세가 5천 원이라서 사룻값도 못 건지는 실속 없는 짓거리였는데.

재작년 작은아들 유치원 재롱 잔치 때 장래 꿈이 아빠처럼 힘센 농사꾼이라고 발표해서 질겁했다는 마누라의 말에 나는 그런 마누라한테서 날카로운 배신감을 느꼈다. 아이의 꿈이 농사꾼은 아니라야 한다는 마누라의 바람이 내 희망이기도 했어야 하는지.

현관문 여는 소리가 들렸다. 마누라가 나가고 없는 시간을 맞출 사람이라면 놈일 것이다.

"복탕이나 먹자."

"…."

내가 대꾸를 않자 놈은 내가 덮고 있던 이불을 확! 걷어냈다.

"씨발 놈아, 나는 잠이나 잘랑께 너나 많이 처먹고 뒤져부러라!"

"넘이 홧김에 바람 피운다고 너까지 고렇게 막말해서는 안될 것인데에? 니가 원하는 대로 내가 복쟁이 먹고 뒤져봐라. 동식이 선물에다 내 것까지! 와따메! 너 무쟈게 오지겄다! 와아아!"

"개새끼이!"

나는 베고 있던 베개를 놈한테 던졌다.

"인자부터 니가 명심할 것이 나를 상전으로 모셔야 한다는 사실이다. 거의 한압씨 수준으로 모시지 않았다가는 나도 어디로 튈지 모르게 생겼다아, 이 말씸이다. 동식이는 있는 각시까지 놔두고 튀었는데 나야말로 눈에 밟히는 애새끼가 있냐, 가슴팍 저릴 각시가 있냐? 진짜로 홀가분하게 튈 수 있는 놈이 나 아니겠냐? 넘들은 나보고 장개도 못 갔다고 심심하믄 놀리드라만은 다 선견지명이 있어서 장개를 안 간 것이제 맬

겁시 장개를 안 갔겄냐?"

놈은 실실 웃어가면서 나를 건드렸다. 놈의 오만한 여유는
뒤처져서 따라가지 못하는 내 열등감을 놀리는 꼴이었다. 불
과 몇 시간 전까지만 해도 놈이 풍기는 무게에 눌린 나는 아
직껏 숨을 깔딱깔딱 쉬면서 허우적거리고 있는데 놈은 언제
그런 적이 있었느냐는 듯 도통한 사람 행세를 하고 있었다.
심술이 동한 고양이가 필사적으로 버둥대는 쥐새끼를 앞발로
살짝살짝 치고 있는 모습이 내 눈에 그려졌다. 그러나 나는,
놈한테 그런 심사를 내색하지 않았다.

"느그 각시가 뭔 말 안 하든?"

"뭔 말?"

"눈물 콧물 짬시로 각시한테 다 보고하지 마라고 그케 당부
했는데 그새 쪼르륵 일러바쳐서 일을 엎어분 것이 아닌가 꺽
정시러서 하는 말씀이다."

"…?"

"믿는 도끼에 발등 찍혔다고 초 친 새비 뛰대끼 폴딱폴딱
뜀시로 나발 불고 댕겼다가는 애기 말 듣고 배 따는 꼴 된께
주둥이 단속 잔 하라고 안 하든!"

"씨발 놈아, 인자사 일어났는데 누구한테 뭔 말을 어찌케
하겄냐? 쯧!"

놈이 입조심하라고 했던 당부가 생각난 것은 아니지만 어쨌든 마누라한테 상황을 옮기지 않은 것은 사실이기 때문에 나는 아주 짜증 난다는 듯이 대꾸를 했다.

"그라믄 됐고오. 얼른 나가자. 느그 각시가 요새 파 작업 댕긴께 돈맛 잔 보겠구만. 그것 잔 갖고 나온나. 해장술 한잔 걸쳐야제!"

"넘의 각시 돈 버는 것이 그케 부러싸믄 너도 각시 얻어서 파 작업 보내라, 새꺄!"

"떨떨한 놈! 아야, 내가 뭣 났다고 그 애런 일을 찾어서 하겄냐? 너 같은 봉이 있는데."

"씨, 벌, 놈!"

내가 나갈 채비를 하는 동안 방에서 기다릴 줄 알았는데 놈은 밖으로 나갔다. 재촉을 받는다는 것이 내 비위를 다시 건드렸다. 내 의지와는 다르게 놈에 의해 보증을 섰고, 또 느닷없이 새벽에 불려 나가서 폭탄을 맞았는데 지금은 또 지뢰밭을 건너야 하니까 빨리 가자는 것이었다.

나는 평소에 하지도 않던 짓거리로 머리까지 감고 있는데 놈이 빠앙! 하고 트럭 클랙슨을 울렸다. 그 소리가 발까지 씻고 싶게 해서 발가락을 벌려가면서 씻었다. 놈은 복탕집으로 농협 직원을 불러낼 것이다. 농협 직원과 놈은 뭔 대책을 찾는답시고 개폼을 잡을 것이고 그 옆에서 나는 그냥 들러리로 앉아 있다가 놈이 일어나면 또 따라서 일어나고…. 놈한테, 나는 핫바지 그 이상이 아니었다.

이 정도 뜸을 들였으면 성질 급한 수꿩 같은 놈이 코를 씩씩 불고 있으리라 생각했는데 놈은 조수석에 앉아서 휴대전화에 열중하고 있었다. 도대체 놈과는 박자가 맞지 않았다.

"음, 음, 음 못 찾으믄 어찌케 되고… 음… 으응, 그래. 어찌케든 찾아봐야지 뭐. 으음 웅, 알았네."

놈은 내가 운전을 시작한 다음에도 한참 동안 전화기에서 하는 소리를 주로 듣고 있다가 전화를 끊었다. 놈은 내내 입을 다물고 있는 것으로 다시 무게를 잡았다. 복탕집에 거의 다 올 때까지 놈은 등받이에 등을 기대고 눈을 감은 채 말 붙이는 것을 거부하고 있었다. 나 또한 가속기를 거칠게 밟는 것으로 맞받았다.

"동식이네 집으로 가보까? 농협에서 압류 통보를 했다는데."

놈이 갑자기 눈을 뜨더니 외쳤다.

"…?"

"아니, 동식이 각시를 만날나믄 작업장으로 가야겄제? 맞다, 동식이 각시를 먼저 찾아야 하겠다."

"……"

놈은, 자초지종을 설명하든지 통보나 명령이 아닌 의논하는 사람으로 나를 대해야 했다. 그런데 놈은 계속 일방적으로 내 등을 떠밀고 있었다. 나는 트럭을 한쪽으로 세우고 시동을 꺼버렸다.

놈은 놀란 표정으로 돌아보고 담배를 꺼내 물더니 내게도 내밀었다. 나는 등받이에 등을 기대고 눈을 감아버렸다.

"내가 지금 너한테 미안하다고 해야 되냐? 나 때문에 니 인생까지 꽈배기 되게 생겼응께 물팍이라도 꿇고 빌어야 되냐고?"

"……"

놈의 말을 듣고 보니 그런 절차도 필요했던 것 같다. 일차적으로 나한테 미안하다고 해야 하고 수습은 나중이라야 했다. 그런데 놈은 순서를 무시하고 있었다. 하긴 놈의 그런 방식이 어제오늘 일만은 아니었다.

도시에서 내려온 지 1년밖에 되지 않은 동식이를 어떻게 믿고 트랙터 사는 데 보증을 서냐고 내가 발끈했을 때, 놈이 그랬다. 고향 떠나서 도시에서 살던 놈이 불알 두 쪽만 차고 다시 내려온 것은 뻔하지 않냐! 전답도 없는 놈이 농촌에서 비빌라믄 트랙터라도 있어야 입에 풀칠할 것 아니냐고. 역시가 돌보아도 돌보아주는 것이 있어야 살 수 있는 것이 우덜 같은 쭉쟁이 인생들 아니냐고.

놈의 문제는 그런 종류의 것들이었다. 다른 사람의 인생에 너무 깊게 관여한다거나 밀착되어 살고 싶어 한다는 것이다. 적당하게 그만그만한 거리를 애써서 잘라 좁혀놨다. 놈은 수평선 같은 인간관계의 편리함을 못 견뎌했다.

그러나 문명의 지배를 받고 사는 거의 모든 사람들과 나는 적당한 거리를 유지하고 싶어 했다. 가족 관계 밖에서 만나게 되는 기대나 갈등은 무겁기만 했지 결과적으로 실속 없는 게 사실이지 않은가 말이다. 막걸리 한 사발 얻어먹었으면 막걸리 한 사발 반 정도 신세 갚음하는 것으로 관계를 유지해나가면 얼마나 가볍고 편리한가. 한여름에 얼어 죽을 오지랖인지 놈은 있으면 다 퍼 주고 없으면 그만이었다. 이탈이었다. 소유의 개념이 생긴 이래로 인간들이 시대에 맞게 만들어놓은 일종의 질서에서 벗어난 짓을 놈은 일상적으로 저질렀다. 형클어진 다른 사람의 인생에 왜 자꾸 끼어드는지 알 수가 없었다.

"그런 것이었냐? 그런 것이 니가 생각하는 너와 나 사이의 예의라는 것이냐?"

놈은 불알친구끼리 굳이 형식적인 겉치레가 필요한 것이냐고 반문했고 나는 그래야 한다고 입을 다문 채 웅수했다.

"너, 니가 많이 변했다는 거 알고 있나?"

그래, 변해야 살제. 은제까지 니 것 내 것 없던 열일곱 청춘으로 살 것이냐? 그렇게 당당하게 말하고 싶었지만 잘못 살고 있다는 충고 같아서 주눅이 들고 말았다. 놈과 나 사이에 끼어들 수 없었던 변질이라는 더러운 벽을 내가 만들고 있다는 놈의 지적을 머릿속에서 되작이고 있는데 휴대전화가 신경질적으로 울려댔다.

"여보세요?"

'어디요?'

마누라였다.

"어째?"

'집으로 빨리 오쇼!'

"작업 안 한가?"

'작업이 문제요? 시방!'

대파 작업 나갔던 마누라가 알았다면 동네 사람이 다 알고 있다는 것이었다.

"먼저 가그라. 나는 쫌 있다가 갈란다."

놈은 조수석에서 내리며 한마디 던지고 차 문을 쾅! 닫고 복탕집 반대 방향으로 몸을 틀었다. 나는 놈을 따라가기도 싫고 그렇다고 마누라가 부른다고 득달같이 달려가고 싶은 마음도 없었다. 하는 수 없이 트럭 안에서, 망망대해에서 나침반을 잃은 것처럼 멍해졌다.

놈의 생각대로 우선은 동식의 아내인 에밀리를 만나서 무슨 말이든 들어봐야 할 것 같기도 했다.

한밤중에 감나무 근처에서 픽! 하는 소리가 나면 호박 떨어지는 소리임을 같이 알아듣는 이심전심을 놈은 나한테 기대하고 있었던 모양이었다. 놈은 지금껏 그 자리에 있었는데 나 혼자서 거리를 넓혀왔다는 것인가?

담배를 세 대까지 피우고 난 뒤에야 놈의 추측이 대충 짐작되었다. 동식이 겉으로 보이기 위해서 마누라를 놔두고 튄 것이지 은밀하게 마누라와 연락을 취하고 있지 않을까 싶었다. 마누라한테 그렇게 단속시켰을 것이다. 동식이 어디 있는지도 모르고 연락도 없기 때문에 아무것도 모른다고, 그렇게 하라고 시켰을 것이다. 놈의 짐작은 여기까지 가 있던 게 분명해 보였다.

그렇다면 동식이 마누라한테서는 아무런 소득을 얻어낼 수 없다는 것인데, 더구나 말도 제대로 안 통하는 필리핀 여자와 무슨 말을 얼마나 할 수 있을 것인가? 결국 에밀리와 가깝게 지내는 마누라가 에밀리를 만나는 것이 그나마 최소한의 실

마리를 찾을 수 있지 않을까. 우선 집으로 가서 마누라로 하여금 에밀리를 만나보게 해야겠다 싶었다.

"내가 이럴 줄 알았단게! 이런 사달이 벌어질 줄 알았단께에! 인자 어찌케 할라? 같이 붙어 댕길 때부터 알어봤단께! 빼딱이 녹아지게 아퍼도 죽을 둥 살 둥 몸뚱이 끌고 댕김시로 2만 5천 원 받어 오는 것이 시퍼뵌께 이케 큰 물건을 물고 왔구마안! 위메 오진거어, 위메 오져어! 오지랖 넓은 서방 만나서 살다 본께 요런 오진 꼴을 보게 되네. 담장 너머 사둔한테 속는다고 그케 당부할 때는 중 삼밭 지나가듯 함시로 속 좁은 여편네가 깡알댄다고 염병하더니 이케 조온 보따리 받어 올라고 그랬구마안! 인자 어찌케 할랑고? 이녁 짐은 어째 짜잔하니 시퍼서 넘으 것까지 추켜들었는 모양이구마안! 나는 내 짐도 숨차! 숨이 차다 못해서 숨넘어가게 생겼어! 나는 못 해! 나는 못 한단께에, 못 해에! 그케 좋으믄 너나 많이 가져라아, 염병 천병할 놈아아!"

마누라는 다연발로 장전을 해놨었는지 나를 보자마자 속사포로 쏘아댔다. 마누라 못지않게 나도 누군가를 향해 총을 마구 쏘아대고 싶었다. 상대가 마누라가 될 것 같은 분위기가 서서히 만들어지고 있었다.

"그만해라이!"

나는 방아쇠를 당기고 싶어지는 충동을 지그시 누르면서 한마디 던졌다.

"그만하믄? 그만하믄 뭔 수가 생기는가? 그라믄, 그만하게 한번 해보제! 나도 그만하고 잪은 사람인께! 집구석을 콩가루 맹글어놓고 큰소리는 치고 잪은 모양이구만! 그래, 불알 두 쪽 찬 것이 뭔 벼슬인가? 한 등에 두 짐 석 짐 지게 맹글어 놓고…."

쟁그랑! 퍼어억! 촤아악!

쥐고 있던 트럭 열쇠를 마누라한테 던졌는데 빗나가서 아이들이 보물단지로 모시는 붕어 어항에 맞았다. 아이들 새끼손가락만 한 붕어들이 미끄럼 타듯 물에 싸여서 쏟아지더니 현관 바닥에서 파닥거렸다.

"워메, 그런 선찬한 것 던져서 사람이 다치까? 이런 것으로 때려야 뒤지든지 뒤탈이 생기제!"

약으로 쓸라고 키우는 알로에 심어 놓은 화분을 내게 들이미는 마누라의 눈에서 파란 불빛 같은 것이 어른거렸다. 그 순간, 나는 화분을 마누라한테 던졌고 마누라는 파닥이는 붕어 새끼들과 함께 나뒹굴었다.

"그래! 너한테 맞어 죽으나 빚에 눌려 죽으나 죽기는 매한 가진데 잘난 서방한테 맞어 죽을란다. 나를 죽여라. 죽여어!"

나는 눈에 보이고 손에 잡히는 대로 전화기며 청소기를 내동댕이치고 현관을 빠져나오는데 아이들이 엄마아! 하고 방에서 뛰쳐나오는 소리가 들렸다.

비듬 같은 눈발이 흐느적흐느적 내 발길을 동네 구판장으로 밀어줬다. 선 채로 소주 한 병을 병째 들고 콸콸콸 입에 쏟아부었다. 마누라 눈에서 봤던 파란 불빛이 구판장 유리문에 나타났다.

어디서부터 잘못되었을까? 놈과 한동네에서 태어난 것부터였을까? 처음부터 놈의 오지랖에 쐐기를 박았어야 했을까? 그렇다면 나는 누구한테 보증을 서달라고 했어야 했을까? 농사를 짓지 말았어야 했을까? 마누라의 바람대로 도시로 나갔어야 했을까?

"동식이네 안 가보요?"

동네 구판장을 보는 영옥이 어머니가 조심스럽게 말을 이어갔다.

"넘의 일이라고 소랍게 말한다고 할랑가는 모르겠지만 아닌 말로 동식이 각시가 뭔 죄겠소? 쓰던 트랙타 버리대끼 각시는 내팽개치고 혼자 살겠다고 내뺀 놈이 짐승만도 못한 인간이제! 서방 하나 보고 머나먼 타국에 와서 살다가 설움 설움 징한 설움 당하는 것이제. 동식이 지가 새끼를 못 낳시로 애먼 즈그 각시한테 덮어씌우는 것인지 누가 알겠소? 동식이 각 시가 한국말이 서투른께 그라제, 그 속을 누가 알랍디여? 하 늘 무선 줄 알믄 집에서 키는 짐승한테도 그케는 못 하제라!"

'동식이가 마누라를 버린 게 사실일까?'

동식이가 마누라한테 하는 짓거리가 해도 너무한다는 소 문은 동네 사람들이 정해놓은 안줏감이었다. 그러나 나는, 부 부관계란 겉만 보고 다 알 수 없다는 생각으로 나름대로 다른 색깔일 것이라 짐작했었다. 더구나 말이 덜 통하는 사이에는 부드러운 면보다는 거칠고 서투른 부분이 다른 사람들 눈에 띌 수밖에 없으리라고.

"사람덜이 애먼 사람만 잡는 것 같드만…."

동식의 집으로 가보라고, 에밀리의 바람막이가 되어주라고 영옥이 어머니는 조심스럽게 채근을 했다. 더 이상 그 자리에 앉아 있다가는 동식이와 한 치도 다르지 않은 인간으로 취급 될 것 같아서 구판장을 나왔다.

동네 골목길을 어둠이 서툴게 걷고 있었다. 아까보다는 배 가 불러진 눈발이 골목길을 바람 따라 쏘다니다가 담에 부딪 쳐서 넘어지곤 했다. 사람들의 날카로운 소리가 들리는 쪽으 로 가고 싶지 않았지만 지금으로서는 달리 갈 데가 없어서 그 쪽으로 방향을 잡았다. 에밀리의 바람막이까지 아량이 미치는 것이 아니었지만 상황 파악은 해야 했다.

"이시렁한 개가 울타리는 먼저 넘는다더니만 이년이 그짝이네! 이케 의뭉 깔고 앉었으믄 우덜이 모를 줄 알고 그러는 모양이제만은 그케는 안 될 것이다! 니 서방 있는 데를 안 대믄 니가 죽든 내가 죽든 양단간에 결판이 날 것인께 엔만하믄 니 서방을 부르는 것이 신상에 이를 것이다!"

"나 몰라요. 남편 없어요. 나 몰라요. 남편 없어요."

세 명의 여자가 에밀리를 쥐어뜯으면서 다그쳤고 에밀리는 표현할 수 있는 몇 마디만 반복하고 있었다.

"동식이 그놈이 사람 새끼까? 정이사 있든 없든 맻 년을 살 섞고 살았는데 저 혼자 살겠다고 내빼부까?"

"머나먼 넘의 땅으로 시집와서 참말로 징한 꼴을 당하네이. 쯔쯔쯧!"

"쟈가 뭔 죄라고 저케 잡어싸까이?"

"구경도 못 해본 돈을 물어내라고 집에다 딱지를 붙여부는데 뭔 정신이 있을랍디여?"

"좋게 서울서 살제, 뭣을 줏어 먹을 것이 있다고 내래와갖고 동네를 쑥대밭을 만드까이!"

"오죽했음사 내래왔겄는가?"

"살어볼라고 내래왔으믄 어찌케든 살어봐야제, 또 내빼믄 어짜겠소? 누구는 살 만한께 똥 싼 놈 뭉치대끼 하고 있는가?
하루에도 열두 번씩 보따리를 싸고 잡제마는 넘 못살게 못 한
께 죽은대끼 엎져 있제!"

"팟값이 이케 자빠지지만 않았으믄 동식이도 그런 맘을 안
먹었겠지라."

"넘 일이 아니랑께에. 농사를 안 짓자니 산이고 짓자니 낭
떠러지니 참말로⋯."

에밀리를 가운데 두고 한 여자는 머리채를 쥐고 흔들고, 한
여자는 쥐어뜯다가 주먹질을 해대고 또 한 여자는 닥치는 대
로 발길질을 하고 있었다. 암사자 세 마리가 토끼 한 마리를
가운데 두고 피가 흘러내릴 새도 없이 물어뜯는 모양새가 짐
승의 세계와 다르지 않았고 남자 세 명은 트랙터 열쇠를 서로
차지하려고 엉켜 있었다.

"그깟 서문으로 트랙타를 차심할라고 하믄 도둑놈 심뽀제!"

"워따! 넘 말하는 사둔댁이네에!"

"까치 뱃바닥 같은 소리들 하고 자빠졌네!"

100만 원이나 200만 원의 영농자금을 받을 때 동식이와 같
이 어깨동무로 보증을 선 사람들이었다. 그들이 일방적으로
동식이를 보증한 것이 아니라 동식이도 그들에게 보증을 서
줬다. 그들은, 작년과 재작년 봄 가뭄에 저수지 수문 관리하

던 놈을 제일 힘들게 해서 동네 사람들한테 창피도 많이 당한 사람들이었다.

가뭄 때 동네 저수지 수문을 관리할 사람은 항상 놈이 뽑혔다. 적고 한정된 물을 공평하게 나눌 수 있는 사람은, 놈밖에 없다고 동네 사람들은 생각했다. 가뭄에 하는 물 도둑질은 도둑으로 치지 않는 농민들의 기본 정서를 조절할 수 있는 사람이었던 것이다.

"동네 어르신들도 많은데 나어린 저보고 물 관리를 하라고 하신께 맡겠습니다. 그란데 한 가지 조건을 달아야 하겠습니다. 말씀드리기 뭣하제마는, 애기 때부터 봐오셔서 잘 아시겠지만 지 성질이 쬐깐도 아니고 많이 더럽다는 것은 아시제라? 마을 회의에서 결정한 사실을 어긴 사람이 꼭 생기게 되는데 그때는 어찌케 했으믄 좋겠습니까?"

"싸대기를 갈기든 논바닥에 던져불든 니 맘대로 해부러!"

"이마빡에 피도 안 마른 놈이 성질대로 주먹이라도 올라갈라치믄 홀엄씨 밑에서 커놔서 그란다고 할랑가 겁나서 그라요. 후레자식 되는 것은 순식간인데에."

놈은 오금을 박았다.

"마을 회의에서 결정해놓고 나중에 씬장 고린장 하고 있으믄 그 사람은 덕석몰이를 해부러야제! 안 그라요들?"

"그라제에, 그라암!"

동네 사람들은 놈에게 자율권을 줬다.

"어르신들이 그케 결정해주신게 저도 이 결정을 공정하게 한다는 차원에서 제 논에 먼저 물을 댈 때는 어르신들이 지를 몰매를 때리든 덕석몰이를 하든 알아서 하십쇼."

놈도 동네 사람들이 준 자율권에 대한 답례를 했다.

"그라믄, 어뜬 쪽부터 물을 대야 쓰겄소?"

다들 자기 논 쪽부터 물을 내리게 하자는 말이 목에 걸렸겠지만 누구 한 사람 입을 열지 못하고 있었다. 물을 한 통씩 나르고 있는 실정이다 보니 급하지 않은 사람이 없었다. 한동안 분위기를 살피던 놈이 입을 열었다.

"심어논 모가 타 죽고 있는데 급하지 않은 사람이 있겄습니까. 그중에서도 더 급한 것은 자갈논이라서 벌써 모가 몰라서 죽고 있는 재 너머 쪽으로 먼저 댔으면 어쩔까 싶은데 어짜겄습니까?"

놈이 조심스럽게 제안을 하자 재 너머에 논이 있는 사람들은 죽다가 살아난 사람들처럼 입이 벌어지는데 재 너머 반대 쪽 사람들은 한숨을 푸욱 내뱉었다. 놈의 논은 재 너머 반대

쪽에 있었다. 나머지 사람들도 서로 눈치만 살피면서 가타부타 말을 못 했다.

"우덜 사람들이 이녁 욕심만 챌라고 눈치만 보고 있을 때 논에서는 모가 타 죽고 있다는 사실을 명심들 하시고 한시라도 빨리 결정을 해야 바로 물을 댈 것이 아닙니까?"

"다른 수는 없고 그케 하는 수백에 없는 것 같으요."

재 너머에서 중간쯤 논이 있는 사람이 재 너머 반대쪽 사람들의 찬성을 재촉했다.

"그케 합시다아."

재 너머 반대쪽의 한 사람이 고개를 푹 숙인 채 동의했다.

"그라믄 결정이 되었은께 지금 바로 가서 수문을 열랍니다. 재 너머 논들은 물꼬를 트고 나머지 논들은 물꼬를 다 막으십시오. 막은 물꼬는 지가 다 확인할랑께 단단히들 막으쇼오."

놈의 당부를 건성으로 듣고 물꼬를 덜 막고 살짝 터놓았다가 경고를 받은 사람들이 있었다. 그 경고를 무시하고 다시 물꼬를 몰래 튼 몇 명이 있었다. 놈은 사람들이 보는 앞에서 물꼬를 튼 사람을 논고랑에 내던졌다. 온몸이 펄로 범벅이 돼서 시궁창에 빠진 쥐 꼴이었지만 입도 뻥긋하지 못했다.

에밀리를 쥐어뜯고 트랙터 열쇠를 서로 뺏으려고 뒤엉켜 있는 사람들은 놈한테 된통 당한 사람들이었다. 공동의 이해를 논하는 자리에서는 뒷전으로 물러나 딴전을 피우다가도 자신의 손익 앞에서는 게거품을 물고 달려들기 때문에 동네에서 미운털이 박힌 사람들이었다.

어처구니가 없었다. 100만 원 대신에 3000만 원이 넘는 트랙터를 욕심내는 것도 그랬지만 그 서슬이 어찌나 시퍼런지 누구도 말릴 엄두를 못 내고 있었다. 빚 대신으로 트랙터를 가져가야 할 사람이라면 놈이 최우선이라야 했고 그다음이 나였다.

"얼마짜리를 보증 섰는고?"

"모개미 같은 사람들이라 액수가 그케 크지는 않을 것인데에."

"징한 것들이라는 것은 수십 년 겪어봤지만 오늘 본께 징해도 참말로 징하구마이. 저 짠한 것을 저케 잡는다고 뭔 수가 나는 것도 아니게 생겼는데…."

"누가 잔 말렸으믄 쓰겠구만은. 이런 때는 남정네덜이 잔 나서서 말려야 안 쓰겠소?"

"워어따! 그런 소리 말쇼오. 저 구덕으로 들어갔다가는 이녁이 죽게 생겼는데 누가 나서겄소? 오냐, 그라믄 니가 갚어줄래? 함시로 개떼로 달라들 것인데."

"말릴 사람이 한 사람 있긴 있소마는…."

웅성거리던 사람들 낯빛이 동시에 밝아졌다.

"지 코가 석 자도 아니고 넉 자로 자빠져 있을 것인데에."

"저라다가는 살인나게 생겼는데 어짜겄소! 사람은 살려놓고 봐야제!"

서너 명이 놈을 데리러 사람들의 무리를 빠져나갔다.

자빠져서 몰매를 맞던 에밀리는 실신을 했는지 엎어진 채 움직임이 없었다. 그런데도 발길질은 계속되고 있었다. 그러고도 한참 후에 트럭 한 대가 사람들을 헤치며 들어왔다. 놈을 찾은 모양이었다.

놈이 조수석에서 내렸다. 소주 냄새가 옆에 있는 사람까지 취하게 할 것처럼 독하게 풍겼다. 발을 동동 구르고 있던 사람들이 놈의 뒤로 졸졸 붙었다. 나도 그 사이에 끼어들었다. 놈의 손에 큰 소주병이 들려 있는 것이 보였다. 놈이 마당으로 들어서자 누군가가 불을 켰다. 놈은 장독대로 가더니 항아리를 들었다. 사람들 눈이 크게 벌어졌다.

"그만들 하쇼!"

놈이 소리쳤다. 그러자 발길질을 하던 세 여자가 멈칫 놈한테 눈길을 한번 돌리더니 다시 발길질을 해댔다.

"귀신 씻나락 까먹는 소리 그만하고 니 코나 잘 닦아라."

한마디 던질 뿐이었다.

"대신 갚어줄 주제가 못 되믄 나서지 마라이."

세 남자는 하던 짓을 계속하면서 고개만 돌려서 놈에게 눈도장을 찍었다.

그러자 놈은 들고 있던 항아리를 머리 위로 들어 올리더니 힘껏 내던졌다. 퍽! 하는 소리와 함께 된장이 멍석처럼 펼쳐지면서 사방으로 튕겼다.

"이런 썩을 것들이 나잇값도 못 하고 문둥이 콧구멍에서 밥태기 파먹고 자빠졌구마이!"

놈이 외치면서 손에 잡히는 대로 된장을 흩뿌렸다. 사냥하는 무리들이 별다른 반응을 보이지 않자 다시 장독대로 성큼 가더니 간장 항아리를 들고 와서 엉켜 있는 세 남자 쪽으로 내던졌다. 간장을 뒤집어쓴 남자들은 눈도 뜨지 못하고 얼굴에서 간장을 닦느라고 정신이 없었다. 놈은 또다시 장독대에서 고추장 항아리를 들고 와서 세 여자에게 던지더니 고추장된장을 두 손으로 집어서 고개를 돌릴 새도 없이 뿌렸다. 그러는 사이에 몇 명의 사람들이 에밀리를 둘러메고 뛰었다.

"워매, 워매애! 살다 살다 징한 꼴을 다 보네에!"

"쌔빠지게 밭고랑 기어 댕기믄 뭣 할 것이여, 이케 애먼데서 배락이 떨어져부렀는데에!"

세 여자는 분풀이 대상이 없어지자 주저앉아서 손바닥으로 땅을 치면서 통곡을 했다.

"징한 사람덜이라는 생각이 듬시로도 나라도 저런 애먼 일을 당하믄 악이 바치제 싶구만이라."

"누가 아니랑가. 이녁 것도 징하고 징한 것이 빚인데. 나라에서는 농민덜을 살려야 나라가 지대로 산다고 해쌓덩만 더 징한 시상만 맹글고 있단께!"

에밀리가 두들겨 맞고 있을 때는 때리는 사람을 원망하던 동네 사람들 사이에 이제는 남의 일이 아니라는 공감대가 만들어지고 있었다.

"삼춘덜! 들어가서 목이나 잔 축입시다!"

여자들이 잽싸게 동식의 집 현관에다 술상을 봐놓고 놈에게 눈짓을 하자 놈이 사람들을 몰고 안으로 들어갔다. 엉거주춤 서 있던 나도 사람들 틈에 밀려서 따라 들어갔다.

"삼춘덜이 조온 흥정을 하고 있음사 내가 말렸겄소. 쌈인께 말려야제."

"오죽했음사 이런 우사시런 꼴을 나어린 자네한테 뵀겄는가?"

세 남자 중의 한 사람이 머리에서 흐르는 간장을 수건으로 닦으면서 변명을 했다.

"죽일 놈은 동식이제라아. 로타리 칠 것이 뻔한 파 농사를 지어놓고 저 혼자 살겠다고 내빼분 놈이 어리석고 나쁜 놈인 줄은 알제마는 우리 동네서 파 농사 말고 뭐 뾰족한 농사가 있습디여? 삼춘덜이나 나나 다 똑같은 입장 아니요? 그라믄 우덜만 잘못이겄소?"

"누가 그것을 모르겠는가? 말로만 부채 대책을 만든다고 씨부렁대는 정부한테 우덜이 뭔 심이 있어서 달라들 것인가? 뭔 수가 있어야 말이제에!"

놈이 세 남자들을 다독이자 그들도 차츰 안정을 찾아가고 있었다.

"참말로 처죽일 놈덜이 누구고 으면 놈덜한테 책임이 더 많은가 밤새 쎕어봅시다. 그라다 보믄 뭔 수가 맹글어지지 않겄소?"

"애쓰고 일하믄 일한 만치 빚이 덜어져야 할 것인데, 어찌케 된 시상인지 애를 쓰믄 쓸수록 빚이 불어나니 뭣이 잘못되었어도 한참 잘못 되었당께!"

"워메! 나만 그런 줄 알았는데 자네도 그러든가?"

놈이 들고 왔던 소주는 이미 바닥이 나서 누군가 몇 병의 술을 더 사 와서야 내 입에도 달착지근한 소주가 들어갈 수 있었다.

놈의 재주가 비상한 것인지 아니면 삶의 방식이 사람들로 하여금 믿음을 갖게 하는 것인지 잠시 헷갈렸다. 놈의 방식이 흡인력을 갖고 있으리라. 그럴 것이다. 놈은 제 밥그릇을 먼저 챙겨본 적이 없었으니.

"우리 동네에서 벌어진 사건이 시방 다른 동네에서도 똑같이 생기고 있다는 생각은 안 해보셨소?"

"하기사 우리 동네는 새 발의 피라고 봐야제! 하우스 하던 지역에서는 난리도 보통 난리가 아니등만!"

놈이 화두를 꺼내자 옆에 있던 사람이 맞장구를 쳤다.

"그렇께, 혼자 아무리 애를 써봐도 안 되는 것이 우덜 농사꾼 문제라는 것이지라! 어깨동무로 빚보증 서대끼 빚 갚는 길도 어깨동무를 해서 찾는 수밖에 없는 것이제라."

놈이 하고 싶은 말을 빙빙 돌리기만 하고 있어서, 내가 직선적으로 내뱉었다.

"워메, 그것이 참말로 정답이네!"

하면서 내 옆에 있던 사람이 잔을 내밀었다. 술이 넘치는 잔 위로 놈의 눈길이 느껴졌다. 아주 오랫동안 잊고 있었던, '내 말이 그 말이다, 새꺄!' 하는.

쪽쟁이들

"우덜 같은 쪽쟁이 인생들 아니냐고."

―「놈」 중에서

정성숙의 소설 『호미』는 억세다. 이 소설집에 등장하는 여성 캐릭터를 두고 하는 말이다. 잡초처럼 바람에 흔들려 쓰러지기도 하고 때론 누군가에 의해 뿌리째 뽑히기도 한다. 하지만 힘 있게 헤쳐나간다. 역으로 이 소설집에 등장하는 남성 캐릭터들은 하나같이 어리석거나 비겁하다. 자책감을 느끼지 못한 채 가정폭력도 일삼는다. 그럼에도 불구하고 정성숙의 여성 캐릭터들은 혁명가들처럼 흔들리지 않고 당당히 자신의 삶을 살아낸다. 물론, 이 삶 속에는 긍지도 체념도 슬픔도 아픔도 연민도 안타까움도 함께 응어리져 있다. 그래서 독자들은 짠하기도 하고 때론 답답해하며 한숨을 내쉬기도 할 것 같다. 이 감정은 여덟 편의 단편 모두에서 느껴지는 공통된 정서다.

이 소설집은 농촌을 배경으로 하고 있다. 도시가 아닌 '농촌'이라는 점이 이색적이다. 흔히 문단에서 최신 담론을 논할 때, 낡았다는 이유로 제외되는 것이 이 개념이다. 상식적으로 생각해 보아도 『녹색평론』과 같은 일부의 잡지를 제외하고 거론된 적이 거의 없다. 가령, 전선(戰線)에서 논의되고 있는 동물 담론, 페미니즘, 포스트휴먼, 퀴어, 동학 등의 개념은 여러 잡지에서 특집으로, 좌담의 형태로, 낭독회의 형식으로 수없이 반복되고 있고 앞으로도 멈추지 않고 지속될 가능성이 매우 높다. 그러니 '농촌'을 이야기한다는 것은 다소 뒤처진 소설이라고 생각할지도 모르겠다. 우리 시대는 이렇게 앞서가고 있는데 지금 이 순간 농촌을 소재로 소설을 쓴다고 말이다. 누군가는 겉으로 개성 있는 소설이라고 칭찬을 하면서 뒤에서는 어이없다며 비웃을 수도 있겠다. 이런 말은 창작자를 향한 비판이기도 하니 소설가는 마음이 참 많이 아프겠다.

그러나 이러한 입장은 수정되어야 한다. 포스트휴먼이 무엇인가. 궁극에는 지금보다 더 나은 인간 이후를 상상해보자는 담론이지 않겠는가. 동물 담론은 무엇인가. 동물에게 영혼이 부재한다고 믿었던 장님인 인간에게 영혼을 볼 수 있는 눈[目]을 선물해주는 담론이지 않겠는가. 페미니즘도 마찬가지다. 여성을 도구로 인식했던 '인간'의 역사에 반기를 든 담론이지 않겠는가. 이 담론들은 고정된 인간의 인식을 확장해 더 나은 삶을 만들어보자는 데 합의한 목소리다. 그렇다면 '농촌소설'을 다루는 것 자체도 위의 담론이 지향하는 방향성과 무관하지 않다. 이유는 자명하다. '농촌'이라는 공간 자체가 우리 사회에서 극도로 소외된 땅이자 장소이기 때문이다. "서울 생활에서 밀려나 이곳으로"(「기다리는 사람들」) 내려와 사는 사람들과 더 나은 삶을 찾아 우리네 농촌으로 찾아든 이국의 노동자들, 돈벌이가 되지 않아도 묵묵히 농사지으며 사는 농부들이 살아가는 공간이다. 정성숙의 소설이 의미가 있다면 이런 소외된 사람들의 이야기를 담았다는 데 있다.

작가는 누군가를 위해 대신 울어주는 샤먼(shaman) 같은 존재이다. 정성숙은 농촌에서 겪었던 흔적을 자신의 혈액 속에 녹여 울고 웃고 쓰러지고 다시 일어서는 인물을 지방 특유의 언어로 옮겨놓았다. 실제로 『호미』는 농촌이라는 공간에서 펼쳐지는 페미니즘의 연장선상에서도 충분히 논의될 수 있다. 이 부분은 많은 사람들이 놓치고 있는 지점이다. 농촌이라는 공간 자체가 문단에서 언급된 적이 없으니 더욱더 그렇다. 그러니 사실상 동시대 담론과도 멀리 있지 않다.

　이런 행위는 소수의 일군에 의해 작업될 수밖에 없다는 점에서 가치 있다. 실제로 정성숙의 직업은 소설가이자 농부이다. 이 사실에 관심을 가질 필요가 있다. 하이쿠에서는 '되다'와 '짓다'가 있는데, '짓는' 것은 의식적인 반면 '되는' 것은 성찰적인 무의식이 반영된 몸의 이행과 무관하지 않다. 그래서 하이쿠에서는 '되다'를 더 좋은 작품으로 간주한다. 즉, '되다'는 '자기 응시'를 바탕으로 한 나의 이야기인 것이다. 정성숙이 농부라는 점은 '되다'의 형식으로 이 소설이 쓰였음을 의미한다. 물론, 소설 속 모든 내용이 수학처럼 동등하게 펼쳐지진 않았겠지만, 그곳의 감정과 분위기를 대리자의 방식으로 그려냈다고 볼 수 있다. 그러니 이 소설의 중요성과 값어치가 떨어지지 않는다.

　정성숙의 소설에서 등장하는 인물들은 하나같이 농사일이 쉽지 않다고 목소리 높인다. 그래서 누군가는 농사짓는 땅을 팔아 이윤을 챙기자고 말하고, 농산물 가격을 낮추고자 하는 상인의 태도에 화가 나 애써 키운 농작물을 모두 불에 태우기도 한다. 그래서 어떤 캐릭터는 농사를 포기하고 농부와 상인 사이에서 거래를 성사시켜주는 직업을 갖기도 한다. 다른 이들은 최근 급부상하고 있는 반려동물 문화에 편승해 농사가 아닌 동물(개)을 키워 이윤을 얻고자 한다. 농부들은 농사를 직접 짓기보다는 품삯 일을 해서 살아가는 삶이 더 낫다고도 입을 모은다. 농촌의 풍경이 이러하니 그곳에서 일하는 젊은 청년들도 결혼하기가 쉽지 않다. 한마디로 말해 "대파를 팔아야 장개를 가든 신방을 차리든 할 것인데 갑갑"(「복숭아나무 심을 자리」)한 것이다. 이러한 표정들이 지금 농촌의 현실이다. 아무리 농사를 해도 나아질 기미가 보이지 않는다.

그렇다면 해결책은 두 가지다. 농사짓는 것을 포기하거나 돈이 되는 농사를 하는 것이다. 그러나 이것도 쉽지 않다. 매스컴에서 돈 되는 농사로 많은 수익을 얻었다는 기사를 심심치 않게 보게 되지만, 주식으로 많은 돈을 벌었다는 사람이 상대적으로 적은 것처럼 소수의 농부들에게만 한정된 이야기이다. 무엇보다도 농사를 포기할 수 없는 것은 농사가 농부들에게는 실존 그 자체이기 때문이다. "꼬부라질 때까지 엎져서 흙을 파도 사는 각단이 안 뵈는 시상살이를 인자는 안 살고 잖다"(「기다리는 사람들」)라고 농부들이 습관처럼 말한다 할지라도, "요즘 같은 디지털 시대에는 그렇게 돈이 모아지는 것"(「백조의 호수」)이 아님을 잘 알고 있어도, 농부들은 손에 '호미'를 세게 부여잡고 온몸으로 농사일을 할 수밖에 없다.

'몸'이 농사를 놓지 못하는 것이다.

어쩌면 멈출 수 없는 이러한 몸짓은 불가능하더라도 갈 수 밖에 없는 인간의 본성을 반영한 것이기도 하다. 관성의 법칙에서 운용되는 정서의 힘이다. 이미 정해진 운명에 맞서는 영웅들처럼 농부들도 마찬가지로 멈출 수 없는 길을 걸어가는 것이다. 우리에게 할 수 있는 것이 농사밖에 없으니 이 행위를 멈추지 못한다. 짠하다. 그러니 농촌에서 해결책을 찾아야 한다. 농부로 살아가기 위해서는 외부가 아닌 내부에서 행복을 찾을 수 있어야 한다. 하지만 딱히 해결책이 없다. 소설 속의 농부들은 정부 정책에 희망을 걸고 있지만 신통치 않다. 앞으로도 뒤로도 갈 수 없는 난관에 봉착한 소설 속 주인공들은 서 있다. 궁극적으로는 이런 인물들이 정성숙의 몸을 통과한다. 소설가 역시 이런 인물과 크게 다르지 않다.

서두에서 나는 정성숙의 소설이 억세다고 말했다. 그녀의 소설을 다 읽고 나서 이 감정이 오래도록 가슴 한쪽에 머물러 있다. 무슨 이유로 소설가는 이런 감정을 품었던 것일까. 소설가가 직접 행위를 했던 농사일은 어땠을까. 최근에 어느 시인이 고추 농사 아르바이트를 내게 같이하자고 연락이 왔다. 땡볕에서 고추를 따는 일이었다. 그 시인은 굉장히 힘들었다고 이야기했었는데, 도시에 사는 나는 이런 경험을 해본 적이 많지 않으니 온전히 느끼기가 쉽지 않다. 그러나 정성숙의 센 인물들과 만나게 되면서 그곳의 사람들 또한 치열하게 자신의 삶을 살아가고 있다는 것을 느끼게 된다. 특히, 여성 인물이 그렇다.

상식적으로 아는 것과 느끼는 것은 다르다. 느꼈다는 것은 앞으로 내가 농사일을 다르게 볼 수 있다는 것을 의미한다. 『호미』에는 그런 에너지가 담겨 있다. 정성숙은 대리자의 형식으로 농촌의 상처와 어려움을 우리들에게 전달한다. 그 누구도 주목하지 않는 농촌의 문제를 전남 해남의 언어로 우리들에게 이야기한다. 이 소설을 다 읽고 눈을 감으면 그곳의 사람들과 얼굴을 마주 보며 대화하는 기분이 든다.

농촌소설을 읽는다는 것은 우리 사회의 중요한 문제와 마주하는 것과 무관하지 않다. 그러니 이 소설은 값지다. 동시대의 다양한 담론을 비껴가고 있는 이 소설의 문제의식은 그래서 더 진보적이고 진취적이며 첨단이라고 볼 수 있다. 나와는 관계되어 있지 않다는 이유로, 그곳은 나와는 상관없다는 이유로 우리는 이들의 목소리에 귀를 기울이지 않았다. 그러니 이 소설을 읽어보자. 읽고 난 후, 이곳이 아닌 저들의 목소리에 관심을 가져보자. 그럴 때, 소설가는 힘이 날 것이고 무엇보다도 자신의 몫을 가져본 적이 없는 농부들이 뿌듯해할 것 같다.

문종필·문학평론가

작가의 말

십수 년 전에 쓴 소설들입니다. 변화무쌍한 요즘과는 시대성이 맞지 않는 것 같아서 출판을 포기했었습니다. 그러다가 가만 생각해보니, 농민들의 삶의 내용은 크게 달라진 것이 없다는 판단이 들었습니다. 드론이나 자율주행트랙터가 등장했지만 호미로 풀을 뽑아야 하는 원시적인 고달픔은 여전합니다. 천한 일은 호미를 쥔 자들의 몫입니다.

농촌에 품앗이가 없어지면서 공동체의식은 거의 무너졌고 추가 비용으로 외국인 인력이 그 자리를 메우는 정도가 달라졌습니다.

어렸을 때부터 그랬던 것 같습니다. 읽거나 쓰고 있지 않으면 불안했습니다. 치열하지 않으면 부끄러웠기에, 젊음이 부담스럽던 20~30대 시절에도 활자를 읽느라고 길거리의 간판이나 자동차 번호판을 훑고 다녔습니다. 억눌린 현실에서 도망 나와 안온한 구석에 숨고 싶은 욕구가 무언가를 읽으면서 해방감을 느끼지 않았나 싶습니다.

지금도 그런 강박은 진행 중인 것 같습니다. 하루 16시간 정도 들일을 하는 농번기 때도 신문 쪼가리마저 읽지 못하고 잠들어야 하는 날은 정말 아무것도 하지 않은 하루처럼 불만스럽습니다. 내가 발 딛고 있는 땅은 여전히 까칠하고 불편부당하다고 느끼기에 자구책이 절실합니다. 늘 허기지게 하는 지적 호기심을 몇 조각이라도 채우면서 숨어 있을 곳이 아쉽기만 합니다.

농사와 글쓰기는 많이 닮아 있습니다. 온전한 무엇을 살려내기 위해 불필요한 잡초를 끊임없이 뽑아주며 보살펴야 하는 과정이 그렇습니다. 닮아 있는 두 가지가 내 세상입니다. 두 가지를 조율하면 멋진 세상이겠지만 녹록지 않아서 고역입니다.

출판을 권유하면서 격려해주신 몇 분들과 친구들이 고맙습니다. 덕분에 망설이다 진행할 수 있었습니다. 부족한 내 손을 잡고 완주하시느라 진땀을 흘렸을 삶창의 황규관 님께도 많이 고맙습니다.

호미

초판 1쇄 발행 2021년 10월 29일
초판 3쇄 발행 2023년 5월 17일

지은이 정성숙
펴낸이 황규관

펴낸곳 (주)삶창
출판등록 2010년 11월 30일 제2010-000168호
주소 04149 서울시 마포구 대흥로 84-6, 302호
전화 02-848-3097
팩스 02-848-3094
전자우편 samchang06@samchang.or.kr

＊이 책은 전라남도·전남문화재단의 후원을 받아 발간되었습니다.